# 歐赫貝奇幻地誌學

從亞馬遜女戰士國到靛藍雙島

Du pays des Amazones aux îles Indigo

# ATLAS DES GÉOGRAPHES D'ORBÆ

François Place

# A-I

陳太乙——譯　　法蘭斯瓦．普拉斯——著

致中文版讀者｜

# 期待這本地誌學，踏上它自己的奇幻夢想之旅。

這部想像地誌集的起源是一幅字母圖。在這幅圖畫上有二十六個字母，每一個都以地圖的型態呈現。其中幾張圖的靈感得自中古世紀的地圖，你能從上面看到城市、樹木、船隻及魚群在海洋裡遨遊。

另有一些圖則近似啟蒙時代的地圖，比較專業，但仍附有插畫。還有一些參考美洲「新大陸」的地圖，那上面有著一個頭戴羽飾的印地安人。其他的圖上則可見群山聳立，宛如某些中國地圖上呈現的模樣。

這些字母地圖各只有邊長五、六公分大小。二十六張地圖凝聚成一幅圖案。

漸漸地，我產生了一個念頭，想讓這個夢想更有深度，並以閱讀過的各種遊記來豐富它，將自己沉浸於人類既美妙又駭人的多元文明中，將這幅圖案製成一本地圖集，並加上故事。

當然，實現這個夢想花了我不少時間，計畫終於完成時，好幾個年頭已經過去。整個計畫從構思到結束鋪陳了十年左右，而這套地誌集的每一冊書都是我花費兩年心力撰寫、繪製之成果。

如今，看它自己也踏上旅程，與別國語言相遇，我感到十分幸福，心中有諸多好奇疑問，但同時也感到非常驕傲。

對於中文版，我真的迫不及待想先睹為快，因為中文世界是如此博大精深。我知道詩歌，尤其是以中文寫成的詩歌，幾乎是讓翻譯束手無策的境界：中文詩所能蘊含的意義實在太多重。而我雖然是門外漢，書法家以毛筆輕掠紙張那精湛的書寫技巧仍讓我深深著迷。

我希望這些故事及圖像能為中文讀者帶來驚喜與新奇，並從中尋得做夢和幻想的題材。

FPLACE

法蘭斯瓦．普拉斯
2007年12月

# 歐赫貝
# 奇幻
# 地誌學

Du pays des Amazones aux îles Indigo

# ATLAS DES GÉOGRAPHES D'ORBÆ

François Place

# A-I

從亞馬遜女戰士國到靛藍雙島

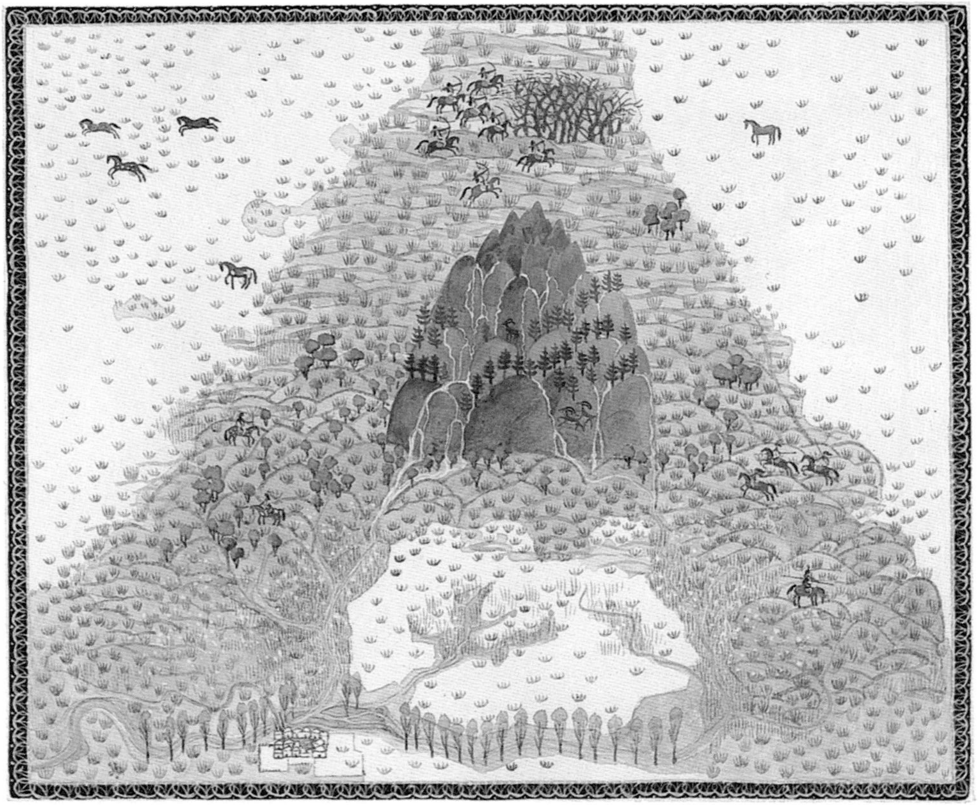

# 亞馬遜女戰士國

*Le pays des Amazones*

亞馬遜女戰士國*共分七個部族。每年冬天即將結束時，她們在艾卡拉特猩紅森林聚會，然後消散四方。
遠征途中，她們爲山岳、湖水、樹林、河川，以及所有活在陸地、空中、水上的生物命名。
她們輕輕哼著美麗的歌謠，凡行經之處，國度裡的一切都被喚醒。

*編註：在希臘傳說中，「Amazones」爲一群住在黑海濱的女戰士。

歐福諾斯越過河流，走過高大的白楊樹林。他漫無目的地遊走了好久，偶然將他引到這個塵土飛揚的國度。他騎在馬背上緩緩前行，披著旅人斗篷，彎著身子，彷彿背負了千斤重擔。一個皮囊在他腰間拍動，裡面裝了他的魯特琴。歐福諾斯是個音樂家。好幾年以前，他曾擁有財富與榮耀，住在一座寬廣的大宅府中，庭院中綠蔭深深。在那宅院裡，每天都有聽眾為他癡醉。只消彈奏幾個音符，他就能隨心所欲地散播悲傷或歡樂，而他周圍的每張臉龐都生動起來，交映著虔誠冥思或樂極忘我、稍縱即逝的暗影及亮光。無論卑微的窮人還是權高望重的有力人士都為他祈福，他有許多朋友，幸福無比，似乎什麼都不缺。然

而，歐福諾斯是個啞巴。他唯一的夢想是開口唱歌。一天早晨，他拿了一袋金幣，又取了一袋銀幣，鎖上家門，於青春之時踏上旅途。他希望能在他鄉尋得寧靜——抑或，尋得平靜。但世界上的細碎聲響不時來侵擾他的耳朵。每天每天，風拂過林葉發出呢喃，小溪愉悅地潺潺訴說，鳥兒蟬兒鳴唱，一切都在提醒他：他是個沒有聲音的人。他甚至希望自己也失去聽覺。他畏懼灰雀，輕賤雲雀，憎恨夜鶯。

當然，他那一丁點兒盤纏很快就用完了，這是旅行不變的道理。他必須重操舊業，為人彈琴，只為在這裡投宿一宿，在那兒吃頓飯。天生才華並未離他而去：好幾位王公貴族想把他留在宮中，好幾名風流寡婦求他別走，好多青春少女為他暈頭轉向，迷失了自己。然而，他瘦削如弓的雙肩總拗不過那件舊袍的呼喚，他總是再度踏上旅途，慢慢騎著馬，走向更遙遠的地方。偶爾，一場沉痛的悲鳴從他胸膛深處湧發，那是嘆息也化解不開的悲痛。在他從大白楊木下越過石橋時，心上便壓著這麼一塊難以承受的重量。

他走進城裡，條條蜿蜒小徑，通往一座座受風拂掠的小廣場，他任由坐騎從中選出一條道路。兩旁人家的牆面有的密不透風，有的開些小孔，茉莉與忍冬生得茂密，一叢叢從中竄出。露天陽臺上，一攤攤的杏桃、椰棗和葡萄正在風乾。整座城還在午後悶熱中酣睡，不受乾土城牆後荒原狂風干擾。琴手歐福諾斯經過幾座巨大荒廢的沙漠客棧和商店，店家天藍色的擋風棚斑駁剝落，在赭紅色的滾滾塵沙中嘎吱作響。

他相中一家旅店，心想，在那裡至少還找得到跳蚤作伴，於是友善地對門前那頭動也不動的驢子打了個招呼，走進店裡。店家端上了鹽漬黃瓜、糖醃核桃，還有半顆石榴，他在石榴上澆了一碗滾燙的熱茶。店家並不善談。他們一起看天色逐漸昏暗。

隨著夜晚降臨，投宿的旅客也多了起來。店家請歐福諾斯跟他到花園去，那裡有座水池，周圍種滿了鳶尾花和玫瑰。有位吟唱老詩人坐在一張高級羊毛毯上，客人們在他四周坐下。老人的樂器是一種魯特琴，從他把持樂器的方式來看，歐福諾斯知道，眼前的歌者是位行家。他入神而超脫地按弦，專注於每個奏出的神祕音符；彷彿在他手指輕拂之下，所有音樂都將獲得重生。花香在沁涼的傍晚益發濃郁。夜空清澄。老人沙啞的嗓音揚起，吟唱著一首非常古老的歌謠，將在座每一個人遠遠帶離花園，帶離這座城，帶到往昔：那些時日裡，銅盤成列，一雙雙手漫不經心地在裡面撥弄挖尋，挑顆開心果；那是傳說中的亞馬遜女戰士國。

老人說：彼時，亞馬遜王國是一片樂土。國土中央高山聳立，百年森林環繞，宏偉的岩壁上流瀉著九十道銀瀑，從每一道瀑布下誕生出一條河川，奔流在鵝卵石河床上。飛馳的雲影裡，昂揚的駿馬成群，在草原上犁出一條條細紋。女戰士們就住在那裡，在亞馬遜女王英明的統領下，從這片牧地到另一片牧地，她們終日馳騁。為了她們，果樹彎下結實纍纍的枝幹，草原展開百花怒放的綠毯。她們以獵捉野驢和野羊為樂，也喜歡在樹林深處追捕藍色狼群。而比起這些，她們最愛迎風奔馳，讓雷鳴般的馬蹄聲將麝香羚羊驚得奔逃四散，同時輕撫愛騎的鬃毛。她們的牝馬跑得那麼快，贏得鄰近地區的人們衷心讚嘆，並喜歡稱牠們為天馬。

後來，國土位於大熊星座下的薩迦納克斯國王終於對這片樂土裡無盡的豐饒感到坐立難安。於是，他召集一大支軍隊，擂起戰鼓。他的戰士宛如黑潮，布滿整片草原；尖梭與長矛若似茂密的森林，揮舞攢動，朝亞馬遜國踏上征途。高傲的亞馬遜女戰士從各地趕來，團結迎戰。她們在山崗上紮營，輕蔑地打量敵軍。陽光下，兵器閃耀，馬兒噴著鼻息，她們在馬背上一動也不動，臉上塗了朱砂紅彩，頭上戴著馬鬃羽毛。靜默的氣氛在她們隊伍上方盤旋，雲朵停下腳步，青草不敢顫動。

突然，女騎士陣營發出一陣尖銳的囂嚷，響聲直達天際。無數銳箭齊發，遮蔽了天光，聲如蜢蝗，攻向薩迦納克斯軍。成千上萬的利箭插落盔甲胸擋，穿透護盾，扯裂身體。箭雨咻咻，在空中劃出一道道條紋。然後，在亞馬遜女戰士強大的威力下，大地開始搖撼。刀劍交鋒鏗鏘轟隆，掩不住她們的戰鳴唧唧，那尖銳的吶喊比索命的利箭

更狠更準。薩迦納克斯軍的馬匹害怕得發狂，摔落背上的士兵，盲目踩踏。經不住冰雹般落下的箭雨和嘲諷，軍隊主力敗退如潮，一路被逼回河邊，消失在河岸的濘沼之中。統帥們企圖重新集結兵力再次投入作戰，戰役猛烈爆發。薩迦納克斯王急忙派出三百勇士，打算利用綠橡樹林作為掩護，從側翼攻打亞馬遜女軍。綠橡樹林是亞馬遜國的聖地。然而，她們毫不猶疑地將弓箭轉朝這個方位瞄準。千萬發銳箭在空中振振疾飛，射落整個森林的樹葉，折斷樹枝，揭去樹皮與青苔，然後擊潰困在陷阱裡的敵軍。鮮血湧瀉，染紅整座樹林。

薩迦納克斯王眼看自己的兵隊在一陣又一陣的狂嘯、枝木、鐵箭攻勢下潰不成軍，便下令撤兵，亞馬遜女戰士的凱旋歌聲窮追不捨。他退避到薩迦納克斯王國的冰原上，十年生聚，集結另一支勁旅，人數更多，更驍勇善戰，更令人畏懼。為了背水一戰，他準備了五百頭野蠻、醜陋、全身散發惡臭的獨角獸。他下令用蠟把所有戰馬的耳朵封住。為這支軍隊打前鋒的，是他那受詛咒王國的巫師，這群恐懼之地巫師團，施展惡毒魔法，就能任意改變天候，在白日的清明中降下黑暗。巫師騎士團共有千人，他們眼睛散發黃光，臉上戴著面具，身上披著狼皮，這一千名騎士以某種薩比爾語*交談，氣噓音及口哨聲此起彼落。千名騎士浩浩蕩蕩地向前挺進，揮轉著響板，像公牛發出的咆哮。千名騎士由一千個冰旋風領路，於他們前方捲起一波波冰雪駭浪，在斷續怒吼中，引領成群雪崩，命令烏雲攻湧蒼穹。千名騎士後面，薩迦納克斯國王帶領大軍前行。這支恐怖的隊伍沒有喧喊叫嚷，不言一語，只聽得刻入骨髓裡的戰哨漫長哀嚎。巫師團引發的風暴拔起樹木，壓伏草原，凍結了河流。

亞馬遜女戰士在艾卡拉特猩紅森林附近聚集。狂風在她們頭上呼嘯。她們的利箭消散在旋風裡，歌聲被風聲淹沒。她們奮戰了三整天三整夜，看不見太陽的光芒。冰雪嚴寒灼燒她們的胸膛，血染馬匹的鼻孔。無言、無力，她們倒下，弓弦斷了，氣也斷了。薩迦納克斯國王陶醉在成河鮮血中，目露凶光，環視地平線兩端。天頂壓得更低沉，死亡的寂靜中，大地昏暗。

帶著馬匹和屍體當作戰利品，薩迦納克斯軍隊終於踏上歸途。

寒冷刺醒了阿碧玻的傷口，她被遺棄在戰場，看似

*譯註：一種混合阿拉伯語、法語、西班牙語及義大利語的語言，曾在北非及地中海東岸各港通用。

與遍地已死的女戰士無異。阿碧玻站起身，四處找尋其他生還者，從貪殘的烏鴉喙下救出六名傷重卻不致死的女戰士：阿薇拉、阿珀娜薇、阿菀宜、阿提妮卓拉、阿月塔妮及阿莉索。她們還活著，並在日後繁衍出亞馬遜七女族。冰雪與沉寂覆蓋了整個王國，她們爬上高山，輪流出巡狩獵，以免在風暴中全軍覆沒。第一位女勇士阿薇拉循著馬蹄的印跡來到一片林間空地，那裡有十五匹馬隻，在積雪下翻尋霜凍後的殘草。女戰士們將牠們捉回，加以馴服。她們再度燃起夢想，想在曠野上馳騁，鑽入林間逐獵，躺在柔軟的青草上休憩。然而天空仍然籠罩著陰霾，大地仍裹著白雪屍布。阿珀娜薇哼起歌來，那麼輕那麼柔，唇間幾乎沒吐露一絲白煙。她半閉著雙眼，重憶起過去熟悉的路徑，從河邊到牧地，一路輕喚萬物的名字：石頭、灌木叢、池潭、矮林。阿菀宜與她一應一和；她的聲音令人想到雲朵飛移，鵝卵石在洶湧的波流下翻滾，和雨後泥土強烈的芳香。她們乘著馬前行，一路歌唱著、夢想著，比黎明在枝葉間呢喃的風還輕柔。阿提妮卓拉、阿月塔妮和阿莉索亦加入祈禱之列。她們在皚皚白雪中行進，話語及往事如雪花般紛落，走過之處，青草害羞地冒出綠芽，大地也記起自己的回憶而甦醒。日復一日，喚醒之歌傳唱到花和昆蟲的國度，歌聲在鳥兒前方飛翔，為小樹澆灌活力，鑽入土穴中奔竄，在小動物的血液中低鳴。原遭三百名薩迦納克斯騎士破壞殆盡、血洗屠殺的艾卡拉特猩紅森林，在歷經好長一段時日之後，終於首次再度披上一層厚厚的葉衣，婆娑搖曳。

從那時起，無論是載育著她們的大地、雨水或露珠，都需要亞馬遜女戰士的歌聲。她們乘馬而行，不斷地呢喃輕唱，所有能呼吸的生物都只靠她們細微的氣息而活。倘若有一天，她們的嗓子啞了，那麼整個國度將漸漸黯淡死去。一切都將永遠消逝，天地間將什麼都不再遺留，除了它那段不幸的記憶。

為能平靜地生存，在邊界和王國前緣，她們噤聲不唱這首滋潤萬物的歌。從此以後，那些地方成了一片荒蕪，只有無際的灰暗，為草原淒風的悲鳴所縈繞……

在清晨透藍的光影之中，老人講完了故事。歐福諾斯覺得，周遭的一切似乎煥然一新。玫瑰從未顯得如此鮮活豔麗。每天晚上他都來聽老人吟唱。慢慢地，他了解到，原來，越過了這座半夢半醒的大城，就是亞馬遜王國。而滋養此城的河流，源頭就是九十道銀瀑之一。

偶有年輕小伙子刻意到遠處冒險，期望能遇上美麗的女戰士。人們目送他們出發，心裡有點羨慕，又有點幸災樂禍。小伙子們騎馬橫渡塵沙，終於來到青翠的牧地。孤僻怕生的亞馬遜女戰士一旦發現有不速之客，便立即逃走。她們裝飾著羽毛的身影舞動如隨浪漂移的浮木，而她們的坐騎疾馳，飛快越過丘陵，不一會兒就消失在地平線後面。

膽子較大的獵蹤者還企圖循跡跟進。但他們四周的景色會突然再也聽不見女戰士的輕唱，一切化成灰燼。他們必須折返回府，「失心瘋者」族群又添了幾名成員，他們的眼睛遺失在遠方，心成了孤魂。

然而，這座城始終在等待，等待一場不期之約。一年一度的市集，卻沒有人知道到底會在何時舉行，因為那由亞馬遜女戰士決定，她們總是突然現身，出人不意。歐福諾斯也學會在這場漫長的等待中度日。就這麼過了好幾個星期，好幾個月。

一天早晨，天空似乎顯得特別藍，天際的光特別亮，彷彿從天幕後面透照出來。人們開始打掃街道，為驢子綴上毛球裝飾，互相愉悅地招呼。接下來的幾天裡，城裡忽然湧進大量外客，河邊的牧場上則布滿數不盡的牲口。供沙漠商隊歇腳的大院裡外堆滿了包裹和貨物，商家掀起了擋風簾，人人在腥羶刺鼻的駱駝味裡來去。許多商人特地從大老遠趕來，打著撿便宜貨的如意算盤，因為亞馬遜的皮草聲譽世上無敵；另一些人則是被好奇心驅使。而還有些人來此，卻是因為，拖著大包小包的小玩意兒翻山越嶺，本來就是他們終生長途跋涉的宿命。

混亂的爭鬧一觸即發，粗野的謾罵鬥嘴此起彼落，刀刃紛紛從油膩髒黑的皮鞘出籠。失心瘋者們在光天化日下亂舞，翻著白眼，嘴角溢出涎沫。整座城燃著狂熱，在焦躁的睡夢中，夜夜沸騰。而當城市入眠，若在某個偏遠角落裡某戶人家爆發口角，必將牽動一場狂吠、尖叫、咒罵的大合奏；鬧到最後，油燈幾乎到處亮起，像是一顆顆搖搖欲墜、生了病的星星。

亞馬遜女戰士們終於渡過大白楊木下那條河流。

她們默默前行，直到大廣場停下。在她們的馬匹下，展開上百張毛皮，一張比一張精美，白鼬、貂、銀狐，應有盡有。有的從小皮囊裡拿出珍貴的麝香，有的則小心翼翼、謹慎萬分地攤開藍狼皮，在危險接近時，藍狼皮上的毛會一根根豎起。她們用獵來的毛皮換取珍珠、貝殼、銀項鍊和銀手鍊、握柄精雕細琢的刀、布料，以及以絲線刺繡的鞍毯。

歐福諾斯走向她們，喉頭發緊。他既不能說話，也沒有東西能拿來交易，人們都嘲笑他不協調而絕望比劃著的手勢。大家把他當成失心瘋者看。歐福諾斯從皮囊中拿出一直帶在身邊的魯特琴。他盤腿坐下，撩起琴弦，無視一旁的人群和嘈雜。揚起的每個音符都稍稍紓緩了長年來積壓在心頭的重量。他的演奏如此出神入化，市集上的紛擾都停息，為之陶醉。馬匹的耳朵豎了起來，鳥兒不再嘰嘰喳喳。而亞馬遜女戰士的行列中傳唱起一陣幾乎聽不見的低吟。彷彿在一張聲音的網上，加放一張，再放一張。不久，所有聲音的網都編織到歐福諾斯的音樂裡，好比藤蔓與樹枝彼此纏繞。額頭上布滿皺紋的老商販，雙頰沾染成磚紅色的馬夫，身上處處有煤屑灼痕的打鐵匠，人人都張大了嘴，聆聽這首天籟；生平第一次，被音樂感動，被來自瀑布與天馬國度的歌聲感動，就在這片大草原上。在這裡，野風將草兒吹彎了腰，美麗的女騎士們隨興自在策馬奔馳。

隔天，歐福諾斯離開這座城。過橋時，他停了下來，良久良久，凝視急促輕快的潺潺流水。對於瘖啞，他不再懷抱遺憾。他重新跨上馬背，最後一次越過白楊木下的那條河流。

只有在不期市集上才能遇見美麗的亞馬遜女戰士。
爲了這場盛會，她們穿戴上最漂亮的服飾，並在秀髮上插上金蟬，
讓人牢記她們蘊含在喚醒之歌中的愛。

失心瘋者之舞

阿珀娜薇族的女戰士

阿碧玻族的女戰士

亞馬遜王國邊境

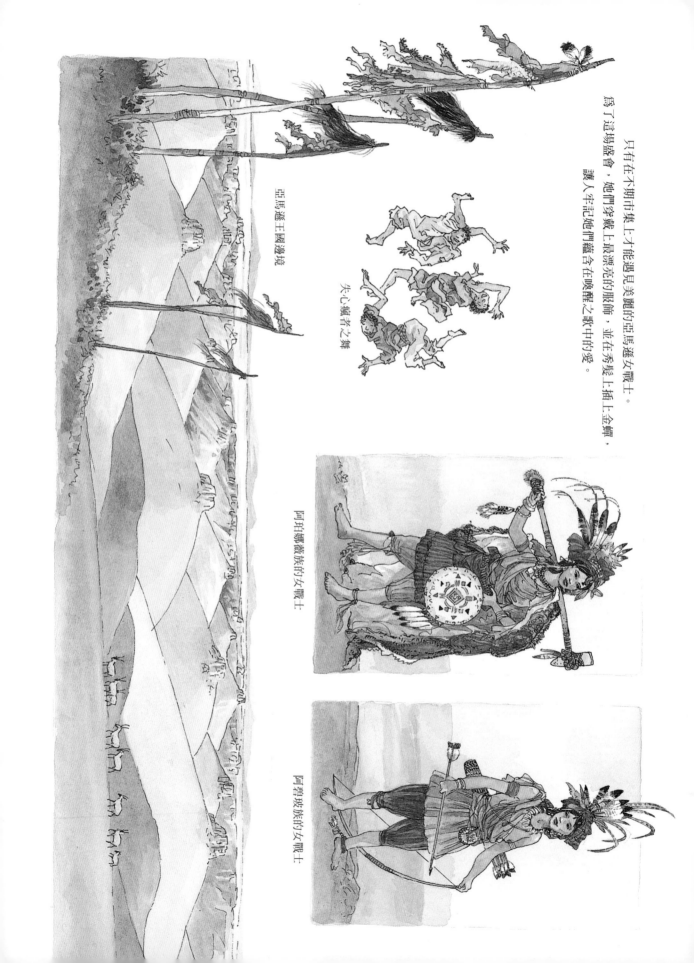

從小，亞馬遜女戰士就學習騎馬、射箭和歌唱。
她們最喜歡說「嚓」，那是飛箭的喊聲，
依場合不同，可表示熱烈贊成，或極端輕蔑。

薩迦納克斯巫師正在揮旋響板，
引發暴風。

獨角戰獸

艾卡拉特猩紅森林，亞馬遜女戰士的聖地。
猩紅森林名字的由來，
源自三百名薩迦納克斯士兵那場大屠殺。
殺戮過後，樹林遭他們的鮮血染紅，
長達十年之久。

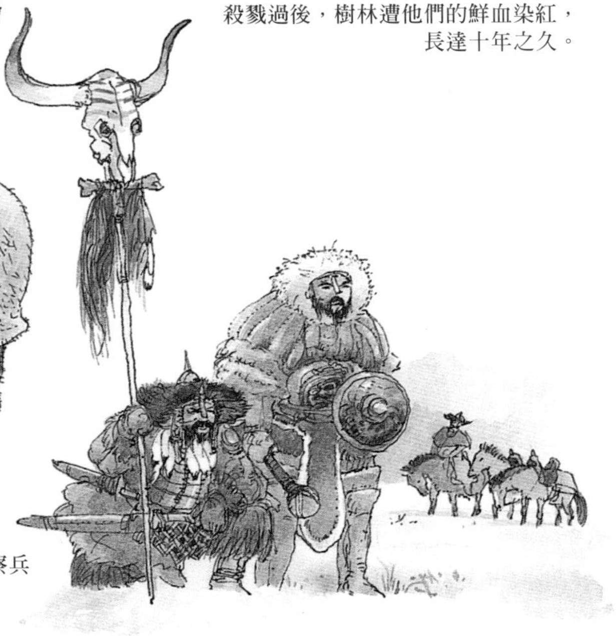

寒冰戰役中的薩迦納克斯偵察兵

# 拜拉拜卡國

Le pays de Baïlabaïkal

拜拉拜卡國有兩隻眼睛，用來凝望天空：那是一對雙子湖。
其中一座湖水清澈純淨，無風無波；另一座卻苦鹹不堪，時有暴雨狂瀾。
兩座湖之間鹹、淡水混合的沼地上，生長著一大片蘆葦，偶爾被用作村落集會之場所。

打一出生起，石三心那聲嘶啞的恐怖哭喊就嚇了母親一大跳。然後，他睜開了一隻暗眼和一隻明眼。母親用手捂住嘴，以免讓人聽見她的驚懼。隔天，他的父親仔細地用一層厚毛皮將他裹起，帶他去湖區受洗。按照習俗，兩隻眼睛顏色不同的孩子，要先浸入清水湖，然後浸入苦水湖。那是一個風和日麗的秋日。平靜的湖水映照安詳天空，而苦鹹的湖水也不似這季節常見的那般，因突來的劇烈風暴動盪不安。

很快地，孩子就能陪伴父親到遼闊的蘆葦叢中打獵。五歲時，他迅速而自信地射中一隻飛行中的野鴨。他的力氣愈來愈大，身手愈來愈敏捷，獲得周遭人們齊聲讚美。

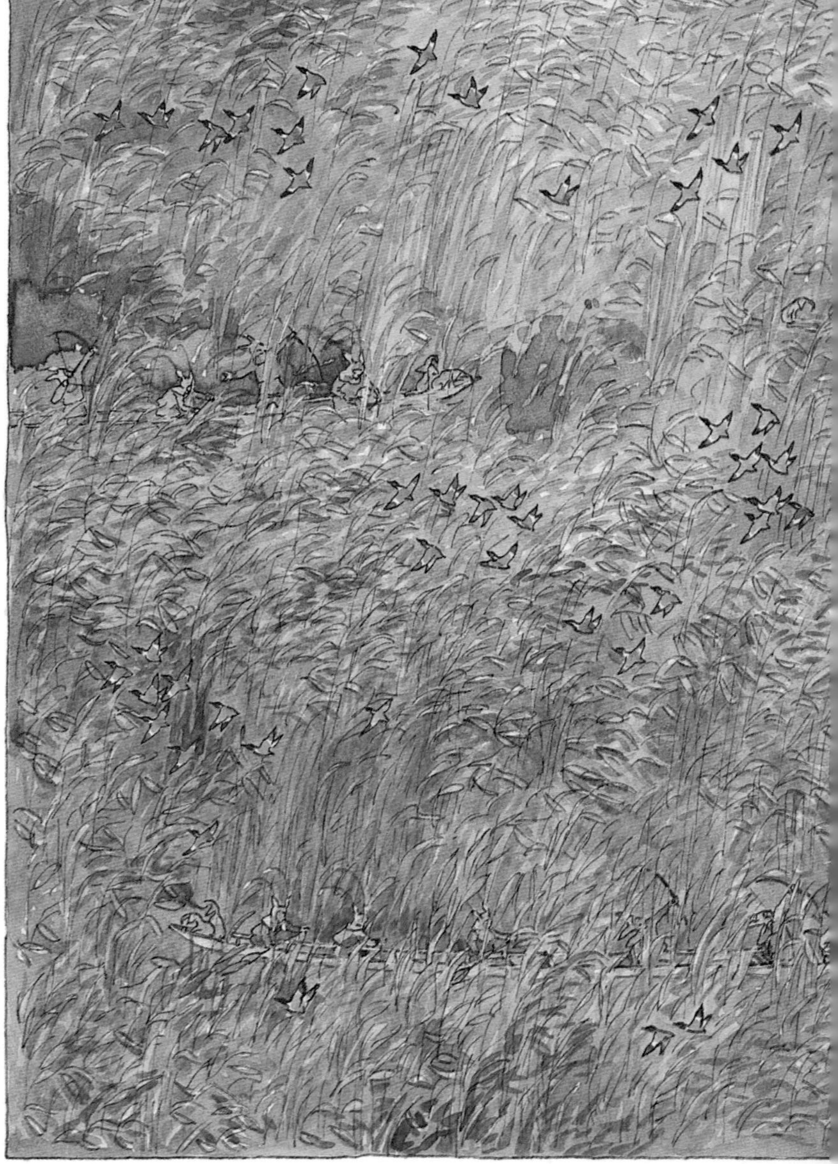

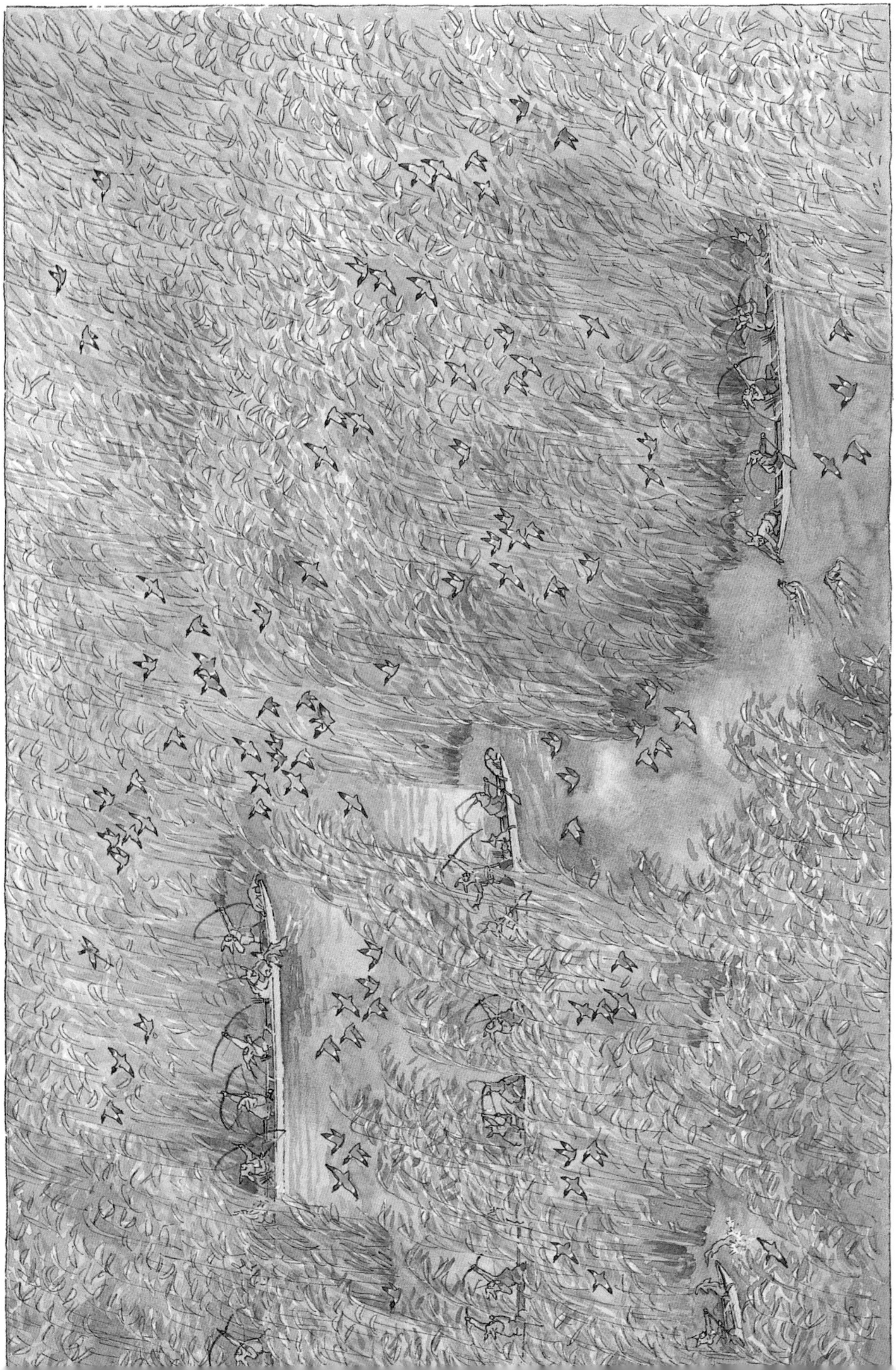

但他那隻暗眼總散發憤怒，令父母擔憂；而他那隻明眼看世界的神情卻始終天真無邪。

到了七歲，他必須離家，接受住在兩湖中間丘陵地裡的老薩滿*——馴狼的教導。他跟著馴狼，在深夜裡到清水湖畔淤泥坡去狩獵笑臉蟾蜍，到遠方採尋能治病的草藥。他陪馴狼到村落出訪，凡有事件活動，人們總請老薩滿前來賜福。他與馴狼一起吟詠神咒，以庇佑蛇皮製成的獨木舟；跟馴狼學誦歌，有些唱來驅妖魔祛病厄，有些曲子則講述拜拉拜卡及兩湖民族的歷史。

石三心長到十五歲的時候，馴狼認為他已具備足夠的戰力，有資格披穿三獸皮袍。

一般而言，縫製皮衣或動物皮草時，須遵循「皮革婚配」法則。雄性動物的毛皮應該混搭一件雌性動物毛皮。兩件一起鞣製，然後邊靠著邊，一起晾曬上幾天。經過這段婚約期，才能夠以祭拜過的針和筋腱將它們縫合。整段縫製慶典上，人們歌頌雌雄皮毛的豐功偉績，祝福這兩張皮革百年好合。

形容一件製作完美的衣裳時，拜拉拜卡人會說這件衣服「婚姻美滿」。但薩滿的皮袍可完全不一樣。這袍子要拿剛宰殺的新鮮鮭魚皮、烏鴉皮和狐狸皮來縫製。紅色皮肉的某些部分還彼此黏著，用來縫合的神經仍然敏感。這三張皮的組合實在太粗糙，縫製的手法既粗暴又殘忍，於是三者只求能互相決裂，彼此解脫。

石三心一披上這件醜惡的皮袍，立即像個妖魔似地狂舞起來。那袍子自動彎曲成一團，然後又挺直豎立，以一股神奇的力量將他搖晃得七葷八素，根本無法控制。他一下子被撲倒在地弄得灰頭土臉，一下子被丟到空中，野蠻無比的皮袍還把他可憐的四肢都扭成一團。

皮袍上的三隻獸靈都想重獲自由，當初遭到那樣不合理的對待，硬生生地被湊配成對，現在無論如何都想掙脫。狐狸皮上的毛憤恨豎起，鮭魚皮則奮力跳躍，彷彿處在一條看不見的河裡，至於烏鴉皮上的翅膀則閃著漆黑的光芒，在空中狂躁地鼓動。

石三心這位年輕薩滿只好與三獸皮袍奮戰，經過了一整日一整夜，帶著滿身的抓傷與咬痕，滾燙地發燒，止不住地打哆嗦，終在黎明太陽升起時倒地不起。連他的靈魂也被撕碎，彷彿已從他遍體鱗傷的身軀被扯離。此後，他

*編註：薩滿（chaman）即先知或巫師，出自重視靈性修行的西伯利亞薩滿教信仰。

必須每天冒死跟這件蠻橫的皮袍搏鬥，花上好幾年光陰，才能坦然無懼地穿上它。但也多虧如此，他的力量不斷增強，終於能完成上天交付於他的使命。因為他生來有雙顏色不同的眼睛，所以終能馴服對立，在人道和獸道間取得脆弱的平衡。

馴狼死後，石三心繼承他的地位。他往四面八方走，足跡無盡延伸，踏遍了整個國家。他通曉動植物的語言，仁慈地關照族人。當他的生命即將走到盡頭，他感覺得到，自己的力量日漸微弱了，於是退隱到兩湖中間的深山裡。在這段期間，沒有一個新生兒的眼睛契合這兩座湖的寓意。

一天早晨，老石三心憂心忡忡地驚醒，一股模糊難言的預感讓他不安。兩個身影爬上小徑，朝他的洞穴前行。那是兩個年輕的獵人，活力十足，筋骨柔軟，體格結實。然而，來到他面前時，這兩人笨拙地恭敬了起來，與壯碩的身材頗不相襯。

「熊爺爺（這是族人對老石三心的稱呼），您早啊！」年紀較小的獵人說，身子搖搖晃晃。

他將一個樹皮製的小盒子舉到額前，向前走了三步，遞給老人。

「您早，熊爺爺。」另一位獵人跟著說，並以同樣的行禮，獻上滿滿一壺羊奶。

他們惶恐地等著。烏黑的髮絲在古銅色的額頭前飛舞。

石三心接過禮物，放在心口上，作勢要他們坐下。他從樹皮盒中拿出蜂蜜糕餅，擲兩小塊到地上，並從壺中倒出兩滴羊奶落土。三個人默默地共享餐點。山谷一片祥和，一條清澈的小溪水流潺潺，唱著輕快的歌曲。

「熊爺爺，」年長一點的獵人終於又開口：「村落大會派我們來找您……」

老人早就知道了。

「熊爺爺，有個黑衣人來到村裡，他侮辱神的名聲，在人們心中種下煩惱……」

雲影滑過山頭。老薩滿心不在焉地將偶然撿來的三個石頭疊成一堆。雖然形成了一個近乎不可能的角度，三顆石頭仍保持完美平衡。老人的目光遙遙望向溪谷盡頭的山峰。

「熊爺爺，我們懇求您回來吧！您得會會那個陌生人才行。」

石三心微微一顫。他連續做著一個夢。那黑衣人已進入過他的夢中。一個沒見過的外地男子，雙腳疲憊通紅，被世界的皮表劃出一道道裂紋，雙手蒼白，幾乎透明，像死人的手。這個夢一直困擾著他。幾天以來，他醒來時眼睛總睜不開，頭腦遲鈍沉重，無法透徹這隱隱的威脅來自何方。一切似乎都蒙上了一層幛。他正要表示拒絕，卻察覺獵人們的頸背上捲起一陣失望。於是，他蹣跚地起身，走進洞穴，不見人影。披上三獸皮袍，他立即感到一陣熟悉的劇痛。他忍著痛，牢牢抓住拐杖，回到洞外，一言不發，越過兩名年輕人向前走。

兩人一個大步，來到他身旁，一起上路。

離集會村落還很遠的地方，有一座大鎮座落在沼澤附近，控制著通往雙子湖的要道。藍天中，老鷹盤旋。那是個美麗的秋日。獵人們快樂地在蜿蜒的山林小路上踏行。他們必須常常停下來等老人，因老人須一路調整呼吸。天都快黑了，他們到達一座布滿橡樹和松樹的斜谷。石三心留下同伴，自己沿著一道水流朝上游走。他來到一座瀑布前，走進水中，直到水深及腰，背靠在瀑布下方一顆岩石上。水花繽紛飛濺，啃咬著他的肩膀。一條鮭魚從河岸下方鑽出，在岩石間穿梭，最終在他兩腳之間繞游。月牙之下，三獸皮袍上的魚鱗映出柔和的光。

「小老弟，從苦水遠道而來的英勇泳者，征服了千百瀑布，你來，我知道，是為了要回鰭背閃耀的兄弟，但是我還需要這件皮袍。請再給我一點時間，拜託你。」老人低聲說。

石三心一直在那兒待到清晨，心神隨蕩漾不定的水波奔流。

翌日，他們整天在森林裡行走。老薩滿累得精疲力

盡。兩位獵人吃了點乾酪當中飯，沿途採漿果進食。但在和黑衣人會面之前，石三心什麼也不肯吃。他們的年輕讓他微微一笑。他們目光靈活，身手矯捷。當他們看到一隻睡鼠沒入樹洞消失，竟開始針對睡鼠皮毛的厚薄無端爭論了起來，根據年紀較小那人的說法，今年冬天肯定會來得早……老人心想，這兩名獵人應該還未滿十五歲吧！滿是風霜的老臉上掠過一抹微笑。

夜晚來臨，他們在一棵老橡樹旁打尖。老橡樹已枯，雪白的枝椏如華蓋，遮蔽了一大片森林。石三心攀爬上一枝較低的樹幹。皮袍上的羽毛一陣摩娑。他的體溫驟然升高，發起燒來。夜行性小動物圍繞在他身旁鼓噪，又搔又刮，嘎吱作響，跟著遠方貓頭鷹的低鳴，間歇地細聲鳴叫。他盡力別讓自己睡著。一隻大烏鴉呀呀嚷了幾下，在他肩膀上停棲。

「小老弟，你在高高的天空，可以俯瞰我國國土裡兩面湖水如鏡，你像黑色的箭劃過灰暗的雲，你堅硬的喙翻掘泥土，你來要回你的兄弟，但時候還沒到，再給我一點時間，拜託你！」老薩滿輕聲說。

第二夜結束了。

石三心喊來獵人，請他們幫忙自己爬下樹。他詛咒著抱怨自己這一大把年紀，而後在腰間按摩許久，抖掉讓皮袍濕重的露水，再度拄起拐杖前行。在他們身後，群山漸遠，沒入天際。

清晨微風拂過，樺樹搖曳尖梢上金黃色的羽葉。不由自主地，老人也被同伴的快樂無憂感染。看他們用力踩過落葉黃毯，發出沙沙脆裂的聲響，連那隻暗眼都笑了。前方，山谷豁然開朗。他們又來到那條河道，水流增多，河面變寬了。陡峭的坡岸在垂柳和山楊樹叢間潛入水中。為了繼續往前，有好幾次，他們不得不橫渡河流。到了一片林間空地邊緣，他們才突然感到傍晚的涼意。兩名年輕獵人分頭找尋枯枝，燃起一團火。老薩滿朝一棵樺樹走去。他背倚在銀白色的樹幹上，等候狐狸。牠在月亮升起時現身，走到老人面前坐下。袍子上的狐皮騷動起來，靜悄得難以察覺，彷彿只受一陣微風輕拂。

「小老弟，你在山林間出沒，狡猾且花樣多端，是矮樹林裡靈活的狩獵高手，你的耳朵小巧，臉孔潔白，你來跟我要回你的兄弟，我很清楚，但請讓我再保留我的皮袍一陣子，拜託你，時候還未到。」

第三夜過去了。

隔天，他們離開最後幾座山丘，進入沼澤區。河流在此分成許多條小渠，水上長滿睡蓮和菱角。三人避開泥沼，走在蘆葦叢邊或比較結實的土上。石三心很高興能再次聽到行經高大草叢時的細碎擦響。幾隻長鼻獺在他們前方潛入水裡。再遠一點，野鴨和紅冠水雞都瞪圓了眼睛，警覺地盯著一隻羽冠鱷慢慢滑過。

他們抵達村落時已日過正午，孩童們奔來相迎，歡呼他們回來的消息。他們受眾人擁簇，一面在茅屋和蘆葦間緩緩向前，而聚集的人也愈來愈多。最後，十七個村落裡的顯貴名仕都出來迎接，個個披掛上重大場合穿的盛裝華服。石三心微笑著。兩個小孩指著他喊「臭老頭」，立刻招來母親嚴厲的一耳光。歡迎的行列在大廣場停下。老人被攙扶至楊木椅上，接過一盅清水飲下。然後，有人去把留在客屋等候的陌生人找來。

果然就是出現在他夢裡那人。陌生男子身上那件黑袍，這裡的人從未見過；他戴起斗篷風帽，黑影遮住他白皙而削瘦的頭臉。他依循常規，彬彬有禮地向眾人打招呼，但說話的口音古怪，孩子們聽了悶笑幾聲又趕緊閉上嘴。陌生人從繫在腰間的皮囊裡拿出一個奇怪的方形物品，表面裹著皮革。石三心的皮袍突然痙攣緊縮，老人努力抑制，不顯出痛苦的表情。

白臉黑衣人開口了。他輕聲表示：他手中捧著一件力量高強的物品，那是一件聖物，收藏著神聖而前所未聞的話語，他是這些聲音派來的使者，用自己的聲音復還它們的形貌。攤開的物品上排列著一條條細紋，他垂首凝視，開始講述。

在他用手翻開第一張書頁時，人群中響起一陣低聲讚嘆，久久不散。一個小女孩跑出來，手指頭去觸摸光滑的紙張，那紙薄得像一把小草。

幾個小時過去，男人仍訴說著、訴說著、訴說著。這段時間中，石三心一直在觀察這個陌生人。他很迷惑，懷疑那人手中的物品真的擁有可怕的力量，因為它跟他的皮袍一樣突兀不協調。老薩滿清楚地聞到塗在書頁間的魚膠味。包覆書本的皮革裝飾華麗，來自某種幼獸，可能是山羔羊。至於書頁則有著鳥翼那種直勁與輕巧。然而最讓石三心著迷的，是那密密麻麻的黑色符號，宛如排布在白雪曠野。從他的位置看不到男子的目光，但很顯然地，那人的講述與這些謎樣紋痕印刻的節奏相互呼應。

天色黑了，村民燃起一團營火，男子繼續講述。在他手中攤開的書頁上，紅色火光舞動。孩子們吮著拇指，漸漸入睡。

石三心不懂，他所有的子民為何陶醉於如此陌生奇特的話語。每翻過一頁，他身上的皮袍就起一陣痙攣，將他箍縮得疼痛不堪。但他始終不動聲色，盤腿踞坐，雙手置於膝蓋上。他的右手攤開，山風吹來，在他掌心中一張張地疊放了幾十張樺樹葉。

男子終於中斷敘述。他抬頭面向眾人，並說，人類是迷途的孩童，他來是為了將人從無知的幽暗中拯救出來，他們應該追隨他，驅除魔鬼，捨棄祭拜樹木湖海。大家等著看老薩滿的反應。用他那隻暗眼一瞧，就能讓男子變啞。用他那隻明眼一瞪，男子就會口吃。他的本事就是這麼高強！

然而石三心站起身。三獸皮袍沉沉壓在肩頭，誠如歲月的重量。與野蠻皮袍日復一日地奮戰，他的四肢早已扭曲變形，他的氣息在柴瘦的胸腔裡找尋出口，受內心緊繃澎湃的情緒影響，他的整個軀體蹣跚搖晃。於是，人人多少都體會得到，他已變得這麼蒼老，而為了眾人著想，卻還背負著多麼可怕的壓力。然而，他叱喝陌生男子的聲調強而有力，其中含載惱怒，聽來更顯沙啞：

「我們這些人，湖水的子民，不需要任何支撐就能傳述。先祖神聖的話語埋藏在我們心田深處。若我在此讓永不乾涸的泉源重新湧現，那麼，即使花上整整一年都將訴說不完。」

隨後，他朝白臉黑衣人走近，將那疊窣窣作響的樹葉放入他的掌心：

「拜拉拜卡的話語像風一樣自由，沒有人能封鎖得住！」

這些話一說完，一陣氣流捲起樺樹葉，形成一股金黃色的旋風，吹闔上書頁。

村民嘈雜起來，對適才這番宣言紛紛表示贊同。不過，老薩滿用暗眼瞪視他們，讓他們閉上了嘴，然後繼續說：

「我已不再了解我的子民。這個男子長途跋涉到此，就為了侮辱我們的神明，還將鎖在這個盒子裡的謊言散播

出來，你們為什麼側耳傾聽？」

　　這時，陌生人脫去風帽，露出黑影下的臉孔。石三心猛然領悟，糾纏夢中的威脅何在。

　　這個男人也有一隻明眼和一隻暗眼。兩人對看良久，面對面，眼對眼。老薩滿扯去皮袍，任它落在黑衣人腳前。那衣裳劇烈震顫，像是臨終前的掙扎，又或是盛怒下的抽搐。

　　老人開口，這是最後一次：

　　「很久以前，我誕生世間，為了幫助族人頂天立地。現在我老了，力量棄我而去，而你跟我一樣，眼底蘊藏湖水的印記。但是，如果你要教導我的子民，就必須先穿上這件皮袍。」

　　然後，石三心轉身離開，走入漸熄的火光，漆黑的暗影。

拜拉拜卡人無論走到何處，
幾乎都帶著裝了笑臉蟾蜍的
籠子。這些蟾蜍以宏亮的笑
聲來互相溝通。村落間常常
舉辦蟾蜍笑聲比賽。

拜拉拜卡的年輕女子

笑臉蟾蜍

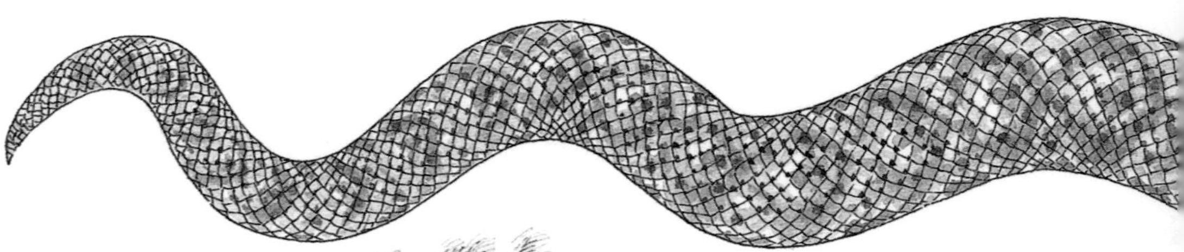

羽冠鱷

長鼻獺。
漁夫的珍貴好幫手，
也是孩子們最喜歡的玩伴。

三獸皮袍

皮袍縫合儀式

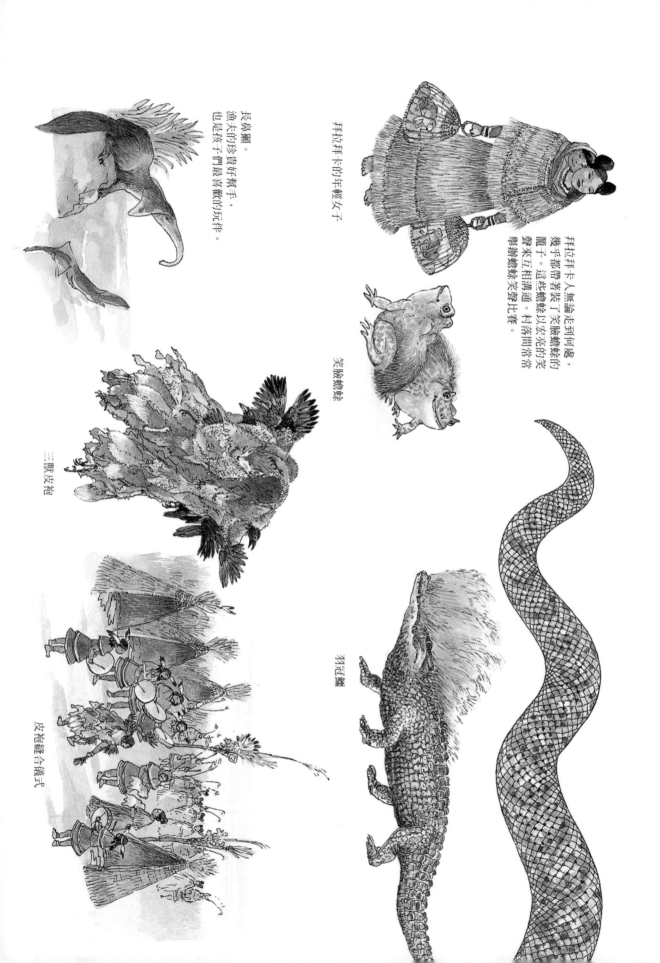

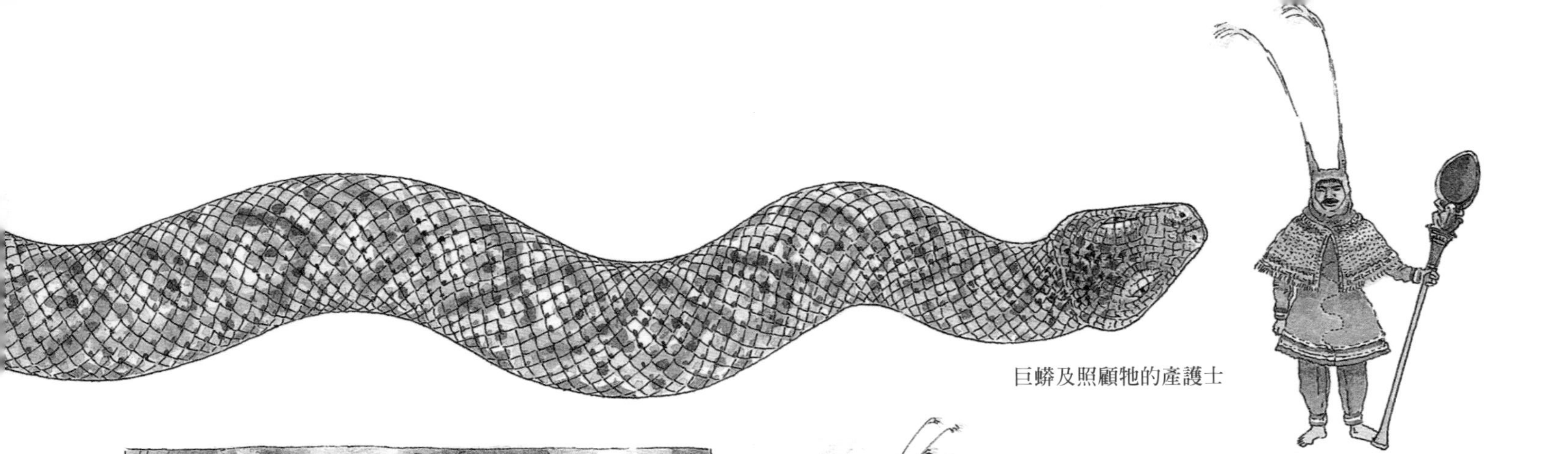

巨蟒及照顧牠的產護士

春天到了，蟒蛇被帶到熱泥火山區，由產護士協助牠們蛻皮。

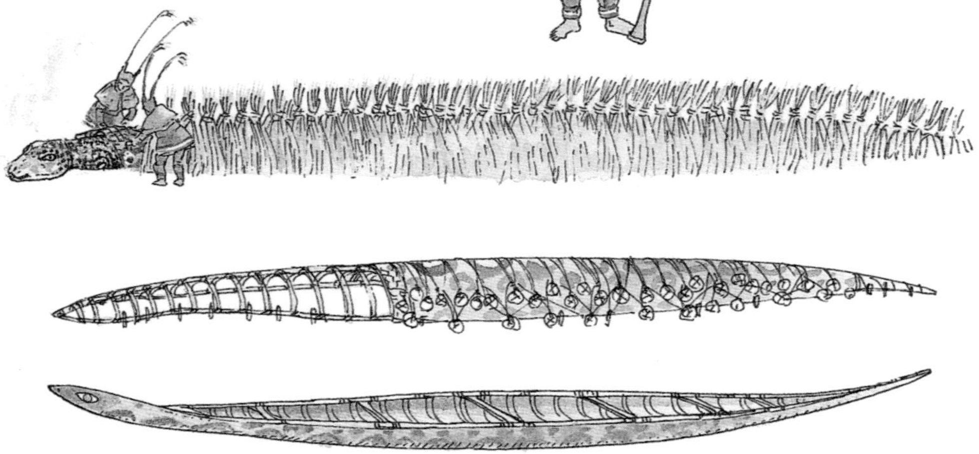

拜拉拜卡人豢養巨蟒，用來製造獨木舟。
他們把蛻下來的蛇皮綳在骨架上。
拜拉拜卡人認爲蛇靈居住在獨木舟上，
幫助他們在蘆葦叢中順利航行。

飼養巨蟒的蛇園

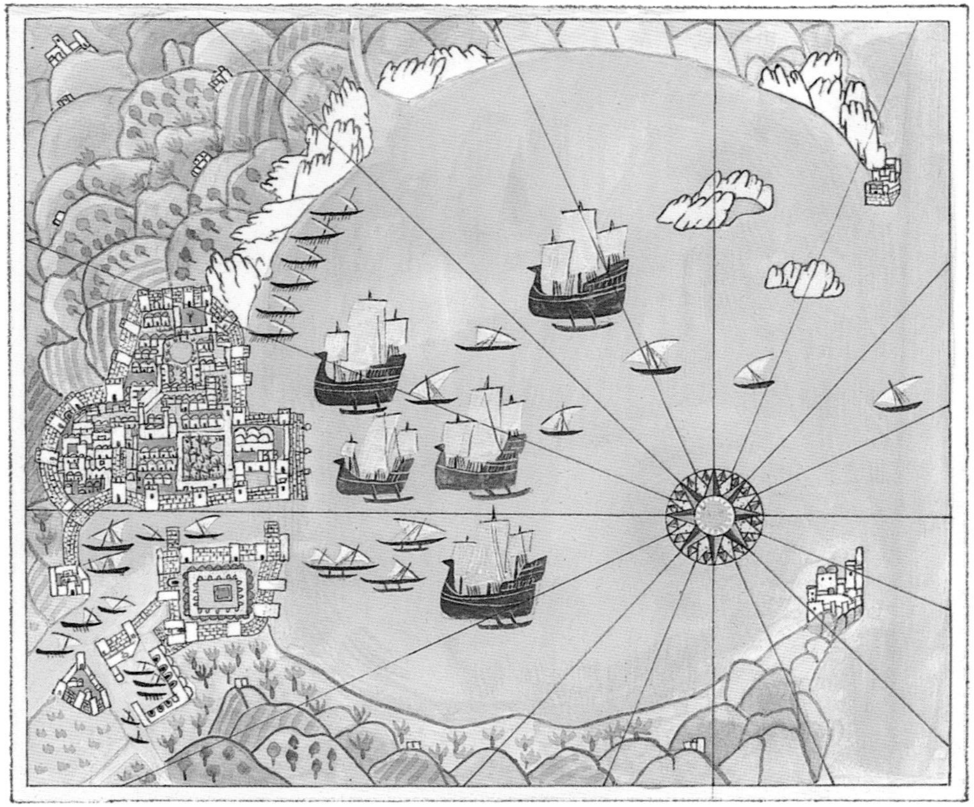

# 崗妲灣

Le golfe de Candaâ

崗妲城的海上貿易如此興盛，被稱爲「世界之妻」可說當之無愧。
在存放長者麵餅的宮殿裡，儲藏著祖先的泥土味和遠洋航程的強烈芳香。
有一則傳說在城裡僅存的幾位智者間流傳：有一天，香料艦隊最偉大統帥的命運將由一個吉祥寶物揭諸於世。

人們說，崗妲灣是七海明珠，倘若一生之中，未曾自這裡出航，或在這兒飲過幾杯、愛過幾回，那就稱不上是個水手。港口活動繁忙，熱鬧喧騰。港灣內的停泊處，成千船隻的風帆齊揚，在碧藍海水中縱橫交錯，景色賞心悅目。城的四周丘陵層疊起伏，植滿葡萄，果園遍布；而淩駕於這些緩坡之上的，則是峰巔積雪皚皚的冷峻高山。然而，比起香料大艦隊抵達時的雄偉壯觀，這些都不算什麼。四月初艦隊回港，帶來無可比擬的歡樂輝煌。老早老早，城鎮裡、村莊裡，甚至在那向岩石及樹林爭來的方寸土地上牢牢盤據、深山中最隱蔽的小村落裡，人人都談論著這件事。

席雅拉就出生在這座小村落裡。直到十五歲之前，她所認識的大海僅是一面在遠方輕顫閃爍的波光。但是，她每天都在夢想，那遙遠的汪洋，那些逐浪嬉耍的海豚。她的父親傑吉達是村長，平時調解這座牧村裡的日常小爭

端，並握有全村穀倉的鑰匙。這些倉庫所儲藏的穀粒與乳酪，代表著一年中有五個月蜷縮在冰雪下的幾百戶人家之全部財富。

傑吉達只有女兒，但村民們原諒了他。因為他寬厚公平地行使權力，而且他有一副高貴的好歌喉，歌聲從寬闊的胸膛深處唱出，力道宛如雷鳴迴響在山谷。他答應席雅拉，這次會帶她去參加艦隊回航慶典。事實上，他得帶領一小隊村民代表，將價值十塊白銀的十二斗上好細花麵粉及收成品質最佳的四斗紅蜜，一路運送到崗妲城。

到了啟程那一天，席雅拉已經準備妥當。她的母親流著淚，在她頸子和手腕上繫了銀項鍊和銀鐲子。那是母親的母親所傳承下來的。在席雅拉耳朵上，她掛上兩串沉甸的耳墜子，光芒將小女兒褐色的秀髮照映得更美。然後，她不發一語，默默地目送這小隊人馬離去。騾匹們佩戴著綴有紅色毛絨球的皮製轡頭，洋洋得意，蜜蠟磨亮的鐵蹄蹬在青石上，踢踏作響。

四天後，他們穿越由兩頭石獅子鎮守的崗妲城門。路人指點他們代表團該走哪條路。大街小巷裡擠滿了看熱鬧的人潮，他們不得不從中闢出一條通道。終於，一座有頂棚的大市集飄出充滿香料味的辛烈氣息，直向他們撲來。

他們進入市集，頭頂上，陽光斜斜照入高挑的拱棚。上百只整齊排列的油罐與酒缸在暗影裡沉睡。而在最末幾列支柱後面，隱約辨識得出，香料和金黃色的穀粒堆積成山。看到這樣富裕的景象，席雅拉頓時明瞭，崗妲何以有「世界之妻」這樣的稱號。

傑吉達請一位總管處的伙計秤了蜂蜜和麵粉的重量。伙計遞給他一張收據，上頭印有城璽。席雅拉按耐不住好奇心：

「先生，您認為他們會用我們的麵粉做『長者麵餅』嗎？」

小官員遲疑了一下，不知道回應這樣一個身分低微的年輕小村姑，是否會降低他的工作格調。不過，這位小姑娘舉止優雅，而她身後那位老先生看上去也頗為高尚，似乎可擔保她的教養不差。他捧起一點麵粉任其滑落指間，又湊近口鼻聞嗅，不得不承認品質十分優良。

「毫無疑問，這是最上等的好麵粉，不過要等到製作下次航程所需要的麵餅時才用得上。」

「什麼時候才會烤麵餅呢？」

他朝傑吉達瞪了一眼，但眼看這位巨人般的父親連眉毛都沒動一下，只好回答：

「就是今天，因為回航慶典預計在今晚舉行。」

「爸爸，快來！」席雅拉扯著父親的衣袖，「我們快去港口！」

他們好不容易找到一個地方，能安頓一小群代表團成員住下，店家也肯照顧他們的騾匹。從旅店就能聽到港口人聲鼎沸，夾雜海鷗尖銳的叫聲。大型船艦在距堤岸幾鏈*之處拋下船錨。一小支接駁船隊幫忙載運珍貴的貨物，紓解大船的負荷。席雅拉聽說，這些轉載貨品的船隻已經來來回回跑了三個多星期。送貨的隊伍每天前往海軍團花園，那裡展示著各種珍禽異獸、罕見的寶石和稀奇的花草。她又拉扯父親的衣袖，迫不及待地想親眼見識那些珍奇的事物。他們沿著東方之王路的階梯向上，走到通往花園的大街。席雅拉什麼都想看——拜拉拜卡的笑臉蟾蜍、名叫「猴湯鍋」的奇怪水果、沒達莫提島的變色麋牛、豆糊島的嘯鷂；又醜又臭的紅毛獨角獸，牠藍色的舌頭還長滿了尖刺；尼蘭達的長頸鹿有著綿羊一般的鬈毛，而歐赫貝的長頸鹿眼神則是那麼地溫柔；還有季佐特戰士那一身華麗的羽毛裝飾。一只又高又大的鳥籠裡，有隻塞爾瓦虎正跳上躍下地，張著大嘴抓咬大黑鳥，鳥兒們發出一聲聲傷心欲碎的淒慘悲鳴。再往前走，一對夫婦咕咕噥噥地發著牢騷，引來群眾圍觀。那一男一女，說不上年輕也不算挺老，衣著極為鄙陋。因為船隊會在他們遙遠的家鄉停泊，所以，當兩人一得知有人願意免費載他們一程，便堅持立刻上船。在船上，他們受到王公貴族一般的款待，而現在還被安排住在城裡最好的旅店。儘管如此，這對夫婦仍抱怨個不停，毫無緣由地批評一切。不過，地主居民們的心情反而因此更加愉悅。

席雅拉早已繼續往前。她倚在一堵矮牆上，透過罕見植物園裡的枝葉，注視著長者麵餅烤窯上用石灰刷白的圓頂。她的父親走到她身邊，觀看泊船場上夜幕低垂。船桅林立，伸向琥珀色的晴朗天空。傑吉達和席雅拉循幽暗的小徑前行，路上盡是些煙花女子，戴著怪裡怪氣的頭飾，搔首弄姿闊步閒逛。父女倆好不容易來到碼頭邊，加入回航慶典。在香料艦隊的大帆船四周，聚集著數不盡的輕舟，每一艘都點亮了繁星般的燈火和燈籠，彷彿一頭頭母獸身旁圍繞著無數頭小獸。肉桂與麝香的氣味在溫暖的空

*譯註：鏈爲航海上計量短距離的單位，一鏈約相當於一百八十五公尺。

氣中飄浮，星子們在山頭上閃耀。一種從容祥和的興奮主宰著每一個人的舉止。而在統帥船隊的旗艦甲板上，長者麵餅剛被切成幾千小份。

那是一塊很大很大的香料麵餅，用崗妲鄉下所產的麵粉和蜂蜜揉合從遠洋運回的珍貴香料烤製而成。紅褐色的麵餅烤得金黃，散發泥土與海霧的滋味，咬上一口就教人心醉神馳。大理石宮殿裡，麵糰已在烏沉木大缽中沉睡了整整一年。酵母取自昔日依照同樣古法烤成的麵餅，本身已有百年歷史。多虧古人的智慧結晶，這塊陳年酵母還能喚醒今日的麵糰，並在強烈的香料味中調入古老國度的回憶與風味。長者麵餅歌詠出崗妲的繁華時光，微妙形塑著其子民的性情與夢想。年復一年，它為歲月注入香草、歐石楠、榲桲或肉荳蔻的味道。那滋味既充滿異國情調又再熟悉不過，既狂放又精究，散發出的甜柔如此猛烈，讓人心神不寧。這長者麵餅也曾經變得苦澀難食，使全城的人都生了病。有幾位老者還記得黑死病毒肆虐那一年。在那一年，舉行回航慶典後才三天，一種可怕的瘟疫襲捲整座崗妲灣。黑死病毒橫掃過大街小巷，每個角落皆有人受害。它叩門光顧，沒有一戶人家能倖免。它的腳步比祝融烈火更迅速，瞬間蔓延到郊區，鄉鎮裡屍橫遍野，各村落陷入一片愁雲慘霧。每一個十字路口，皆出現燃燒著蘆薈和柑橙樹葉的熊熊火堆，藉以潔淨空氣。各種神祕儀式都被用盡，甚至一個晚上就把所有可能夾藏這種不祥病菌的船艦全部燒毀。許多人指控從遠方帶回的香料帶毒，汙染了潔白的崗妲麵粉。另一派人則持相反意見，認為是祖先的怨念在麵糰中暗暗發酵作祟，將毒性散布到那一年的麵餅裡。醫生和食務官卻信誓旦旦地表示，這場災厄的來由根本不在此，因為，長者麵餅絕對是健康長壽的保證。而從這次瘟疫生還的人們也在隔年證明確實如此。

經歷過這麼一場考驗後，長者麵餅常被用來代表一種純粹的人間美味，滋味無窮的一塊旅程，既可親又奇異。這塊麵餅乘過一舟又一舟，傳過一雙雙手，靜默中，人人聚精會神，等待統帥旗艦甲板上的三聲鑼響，就能開始品嘗。

第三聲鑼響起時，席雅拉凝視父親，在心中祕密許下一個願望，然後便大口咀嚼她的麵餅，那塊餅中滿載了香甜海風及飄著花蜜芬芳的薄霧。而後她立刻感到自己咬到了某種奇怪的堅硬物品，便趕快把它從嘴裡拉出來。她的

手指才剛抓住那塊象牙小海豚，港灣裡的海水立即輕泛起一陣波瀾。

所有的小舟大艇，從船頭到船尾，手舞足蹈地興起一陣騷動。大型帆船拖拉著沉重的纜繩，突然因遼闊大海的召喚而起了變化，一面面旗幟欣喜地迎風飄動。席雅拉覺得自己浮了起來，彷彿被一波信風中的浪潮向上托起。她看見了沉睡在如雲海水之上的島嶼、尚散發著腐植土強烈芳香的新生地、河口灘、海岬及峽灣，高高翱翔在崗妲灣平靜的海上，遠遠地將大洋陰暗的波濤巨浪拋在身後。

席雅拉沉浸在自己的思緒中，對於身旁愈演愈烈的騷動一無所知。有個水手已發現她手中握著象牙寶物，通知了兩名官兵，正朝她走來。她和傑吉達一起被帶到一艘小艇上，駛往統帥旗艦。旗艦的甲板上，所有船長及崗妲城的智者已在等候。他們拿出一張羊皮紙，紙上印著燙金字母，展示海豚的印記。海豚現世意味著，擁有它的人將成為崗妲海域上最偉大的統帥。而席雅拉的象牙海豚完全符合羊皮紙上的記載。但即使如此，還是需要再一項證明來支持。旗艦統帥一個手勢，兩名水兵抬來一只大木桶，裡面裝滿了海水，象牙海豚一被置入桶中，立即遨遊跳躍起來。席雅拉與父親親眼目睹，目光中滿是驚異。

「把這個護身符帶在身邊，牠會保佑您，不受怒海狂濤侵害。」艦隊統帥輕輕地對少女席雅拉說。

於是，席雅拉開始學習依循路線仔細閱讀地圖，辨認星辰，使用航海儀器。她鑽研剖析各種船隻，參與建造，用功掌控。她學習航行，無論白晝黑夜，無論起霧或狂風暴雨的日子，而即使在這樣惡劣的天候下，她都表現得輕鬆自在，有如神助一般。她練習指揮水手，他們來自世界各地，無論身處何種情況都堅韌無比，個個粗壯魁梧，酒量驚人，扯開嗓子就大聲嚷嚷，最愛吹牛；在對手面前同仇敵愾，但一下船就彼此玩刀弄槍。為了牢牢記住航海圖，她還必須品嘗五百三十四塊長者麵餅。這些麵餅儲藏在一個沒有人知道的祕密所在，吃下它們很可能會有生命危險，因為其中好幾塊是船難餅、不幸餅，甚或絕望餅。

學習這一切共花費她十年功夫。在這段時間中，她從弗立淞寒顫國的冰岸，航行至偉大神祕的歐赫貝島海濱。第十次航行時，她成為海洋大統帥。史冊記載，她的船艦前總有一隻海豚在浪花中飛躍，而因為她，崗妲灣的榮耀宣揚遠播，聲名登峰造極。

麵粉品味團成員及
糧穀與蜂蜜聯盟之掌旗人

薑田協會之鼓

崗妲蓄水庫

石磨殿裡的齒輪系統

回航慶典中，
所有與長者麵餅製造相關的組織團體
都參與遊行。

崗妲的煙花女子戴著籐編頭飾，裡面裝隻小鳥，鳥兒婉轉優美的歌聲吸引路人注意。

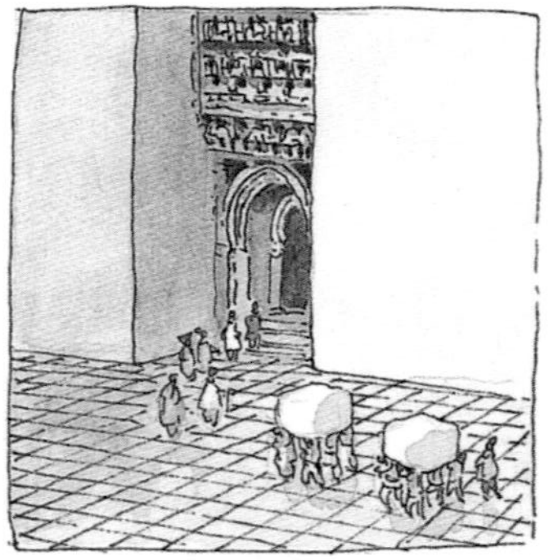

沉睡麵糰宮殿之入口

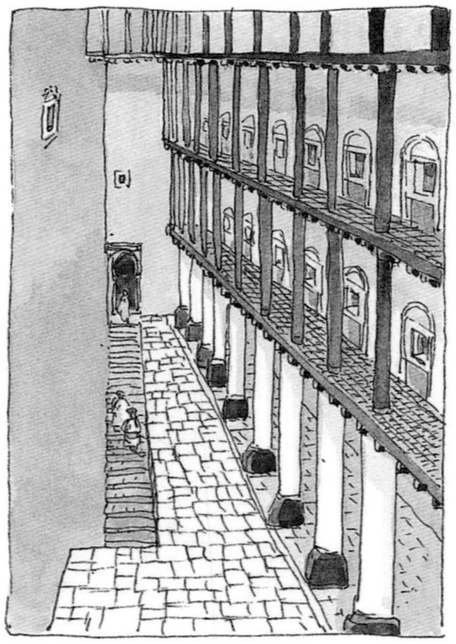

文庫殿

麵粉業長官正在試食
長者麵餅的麵糰

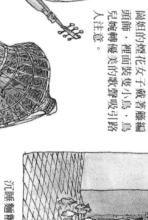

使節艦

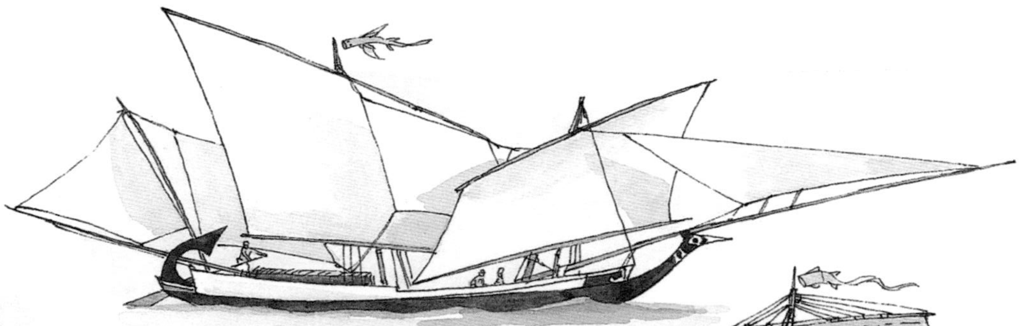

小蛤艇，
聯繫海軍司令艦隊的艦艇

載運穀糧的平底方蓬船

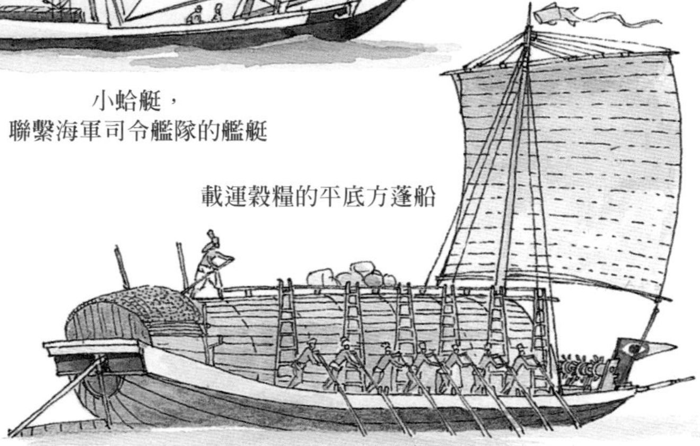

崗妲艦隊的旗標

小蛤艇

貨運艦

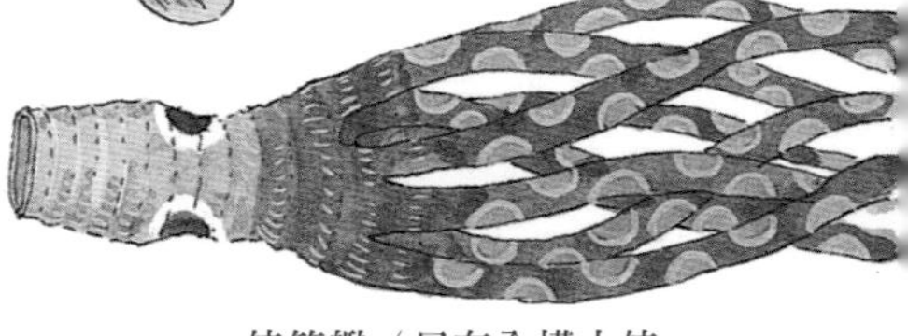

使節艦（只有全權大使
才能掛章魚旗標）

生薑海岸

胡椒田海岸

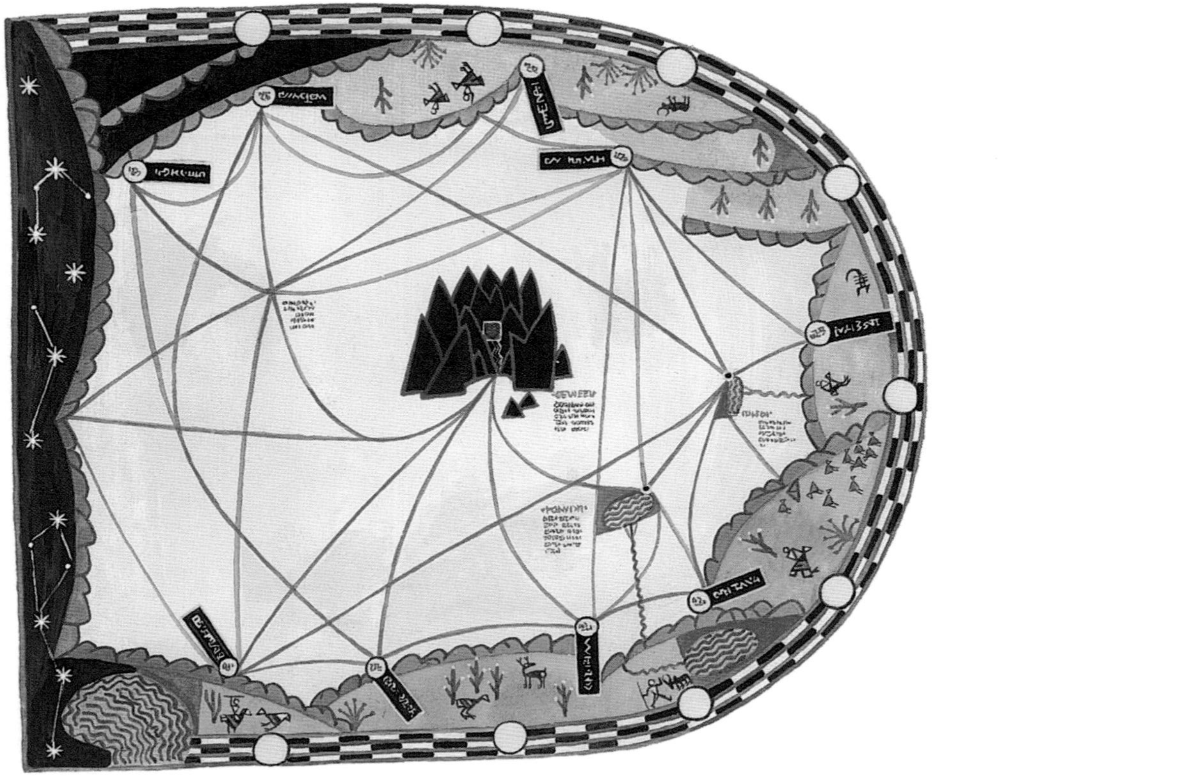

# 擂鼓沙漠

Le désert des Tambours

擂鼓沙漠是一片流動沙漠。只有大漠可汗才認得祕密路徑。
這座沙漠中央聳立著鐵礦山。每一年，游牧部族都在這裡進行祈雨祭祀。
在召集鼓聲鳴起的當天，他們就上路出發。

灰色的細沙上，旅隊愈拉愈長。距野營地已不只三天的路程。他們紮營於山崗，巨型仙人掌在上面畫出一條條影子，距大路小路都很遠。幾名戰士騎著龍足迅鳥，還留在那兒照顧女人及幼童。

在遼闊無垠的流沙間，通道宛如一卷絲帶，順著硬沙地舒展開來，遠遠隔上一段距離，又與其他通道交錯，每一條路線都飄忽不定。旅人與牲口緩慢前行，受酷熱煎熬，鐵礦山傳來的陰晦鼓聲震得他們頭昏腦脹。沉悶的鼓鳴在沙原迴盪，比惡劣的暴風天還具威脅。風暴在地平線上迴旋打轉，一心崩裂天空未遂，又如一張薄膜緊繃，罩

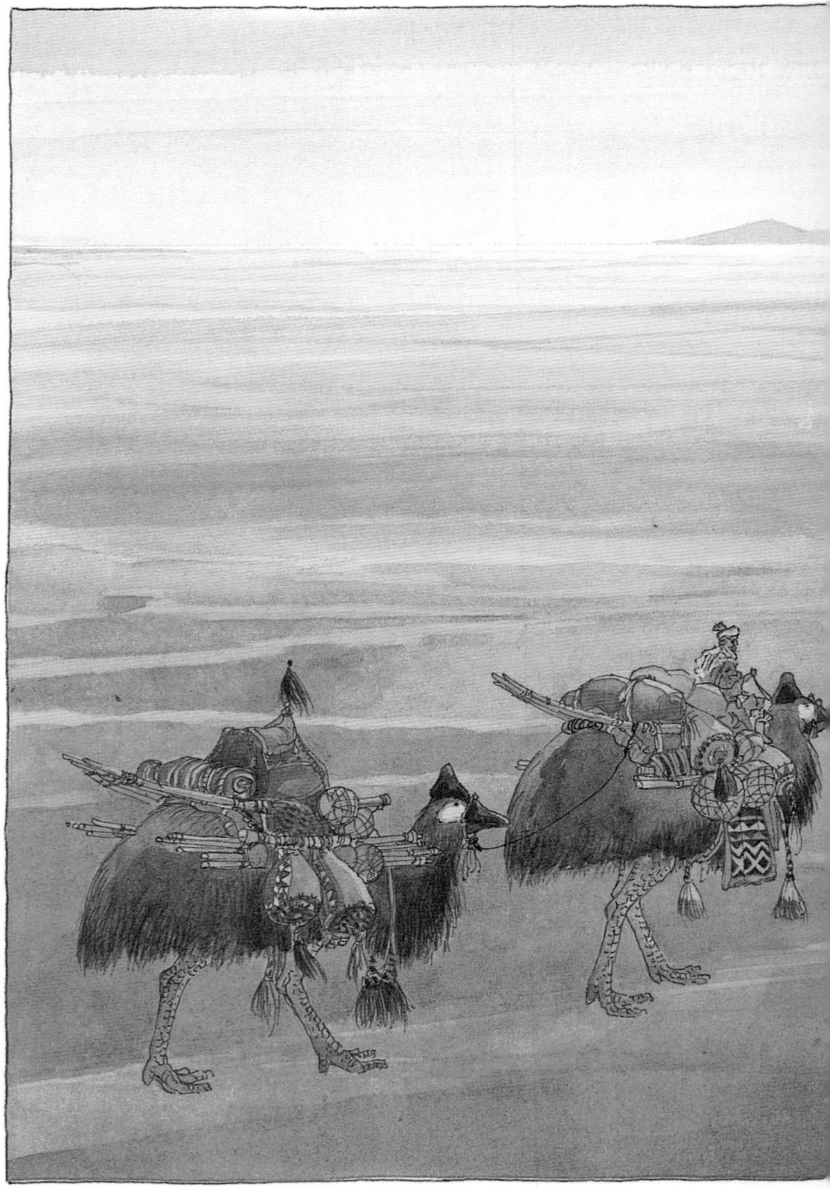

住太陽蒼白微弱的光芒，然而鼓聲卻更令人害怕。帶頭開路的男子赤足行走，彎著腰，隨時注意沙的顏色是否出現一絲改變。那是個骨瘦如柴的乾癟老人，側面看去頭形尖長，綴著幾撮灰白稀髮。他的長衫上處處補釘，織線七零八落，連驢子都不屑披上它當作鞍毯。他腰間用一條比粗繩還毛糙的布充當衣帶。雖然衣著窮酸可笑，但在可汗的眼中，夏卡仍是全部落最貴重的寶，因為他比任何其他人都清楚沙漠的每個陷阱。

他手執皮繩，牽著一頭背著馱鞍的笨重大鳥。大鳥的足印為後面的旅隊標出通道。昨天，就有一頭水牛沒跟上隊伍迷了路，蹄下的流沙比煙灰還輕，漸漸塌陷。水牛掙扎許久，眼神瘋狂，熾熱的鼻息不斷噴散辛嗆紛飛的沙塵，終於，被沙漠吞噬。

夏卡步調平穩，緩慢而堅定，幾乎與遠方的鼓聲節奏一致。他並不覺得累，但察覺到旅隊已流露疲態。可是至少要等到明天晚上才有可能紮營。在那之前，必須繼續行走。

他下達命令：一面趕路，一面餵食牲口。然後他從腰間的小袋子裡取出一枚椰棗乾，放入口中慢慢咀嚼，而沙漠中天色逐漸昏暗。趁著夜色清涼，數不清的螢火蟲鑽冒出來，棲息在硬沙地的表殼上，如地上的星星，排列星座般地畫出一條通道，卻又在大鳥盲目的踩踏中熄滅，粉塵裡混著脆裂聲。夏卡非常喜歡一條條磷光道路在他的赤足下閃爍的模樣。

遠方傳來一聲信號，表示有另一隊旅人接近。黎明天光剛亮時，他們出現了，像火山灰煙籠罩下的蜈蚣鬼影。遠遠地，老嚮導認出，那是圖馬澤依德部落。

幾小時之後，兩隊人馬會合，走上同一條通道。兩位名號響亮的可汗遵循沙漠規範，互相招呼：

「守護山神的主公，你們的祖國在哪裡？」

「我們來自王者仙人掌的國度。」

「你們有富饒豐美的牧場嗎？」

「在那裡，我們的牲畜和人民安然度日，牛奶如河水淌流。」

「尊駕移向何方？」

「敝隊人馬要到鐵礦山前叩首，我們聽從鼓聲的召喚。」

隨著時間流逝，通道愈來愈寬敞，沙土也愈來愈踏實。越過致命的沙原，接著呈現眼前的是一片礫原，生長不良的作物零星分布。到了那裡，游牧隊伍終於可以休憩躺下。遠處，鐵礦山的蹤影在薄霧中隱約顯現。黃昏時，他們找到一叢檉柳，這意味著有水源存在，便在附近搭起營帳。長途飛行的鳥用牠們滿是唾沫痕跡的嘴喙在灌木叢裡翻尋，摘取丁點糧食糊口。這裡那裡，點點營火升起。游牧子民一邊喝茶，一邊悄聲閒聊，順道對負責搭帳篷餵牲口的奴隸斥責兩聲。夏卡用毯子把自己裹起來，無視周圍擾嚷，沉沉地進入夢鄉。

距他三步之處，有個男人還醒著。他穿著圖馬澤依德族的服飾，但不是游牧族人。他名叫托卡克。鼓聲隆隆，震得他腦脹欲裂，耳膜苦受折磨。然而，他曾經歷過戰場上的擂鼓鳴金，曾持劍縱橫世界，曾遭青銅、獸骨和火石啃蝕得遍體鱗傷。他四處出賣了自己的力量、知識和勇氣，直到最後一次戰役，他被丟到一個寧靜國家的邊境。在那裡，金黃色的作物在柔風吹拂下婆娑搖曳。一位有著黑眼睛的少女以溫柔的目光擄獲了他的心，並為他產下一女。

他的雙手慣於判斷兵鐵冰冷的刀刃有多麼鋒利，也喜歡揉捏光滑的黏土團。他每天捏塑杯器瓶甕，一旦脫離了烈火煉獄，這些形狀完美的成品總引來欣賞讚嘆。時光荏苒，歲月靜好，當他發現自己的女兒已長成為一個女人，心下竟是一驚。她的舉止輕盈優雅，愉悅可愛，無論走到哪裡，只要看著她經過，人們的臉上就散發光彩。而當她哼著歌兒下坡去河邊，山路彷彿也在她腳下跳起舞來。

托卡克打了一個寒顫。那天晚上的情景又浮現在他眼前。那一夜，整座村在極度恐懼的尖叫中驚醒。奇異的身影從小巷弄角落竄出，牲畜狂奔亂啼，處處只聞哭嚎與求助的吶喊。那是大漠可汗，他們的坐騎嘴喙喀喀作響，令人畏懼。他衝入混亂之中，使出全力回擊龍足迅鳥，讓牠們摔落背上的騎士。在被黑色陽光炫盲了眼、俯跌倒地之前，他聽見一陣縛錘的嗡鳴聲。過了好幾個時辰後，他才在廢墟殘煙的灰暗微光中悠悠轉醒。妻子伊格薇拉在他身旁哭泣，女兒愛德麗失蹤了，而他，望著自己的雙手，不明白這雙經歷百戰的手為什麼沒能阻止這場災難。隔天，他上路追尋蠻族的蹤跡。最後他認出兇手就是圖馬澤依德部落。他買了一頭馱鳥，喬裝改扮，等待時機加入游牧旅隊。

現在他已然知曉圖馬澤依德部落的目的何在。以前他就聽人談論過鐵礦山的傳說：那兒沉睡著一萬名戰士。每年，當鼓聲鳴起，這支埋葬地底的軍隊便隨之甦醒，要求各部落的大漠可汗在自己的子嗣中選出九名英勇年輕的王子，供作祭祀的獻禮。而在祭典當天，為了平息心中的熊熊怒火，可汗們會先將沙漠行進途中搶來的九位公主許配給那些將蒙神寵召的王兒。托卡克思量過，自己和妻子都沒有皇室血統，但他們的女兒愛德麗的確擁有公主般的優雅氣質。對於自己的命運，他不抱存任何幻想。

當曚亮天光照在他倒臥的身軀上，灰澀的念頭仍在他腦中翻攪。營隊已醒，奴隸折疊帳篷，收拾行囊；坐騎們噴著鼻息，怒羽沖天，窸窸窣窣。另有幾支旅隊在夜裡抵達。現在，九支部落已準備齊全，可以迎向旅途最後一個階段。游牧部隊重新上路，走進鐵礦山的陰影。他們必須先穿越散布四處的大亂石群，然後循窄道上山。窄道高懸深谷之上，狹隘難行。部族縱隊時而走在光禿禿的山脊，隊伍愈拖愈長；時而消失在漆黑的山縫；有時又得在陡峭的岩壁上攀爬。終於，彎過最陰森的那座峽谷之後，山脈中心就在眼前。沙質岩壁下延伸出一塊天然平臺，而岩壁中央則鑲嵌著一扇巨大的青銅門。門頂上方，烏雲的墨色淹沒山峰。鼓鳴隆隆，在岩石間激盪迴響，震耳欲聾。而游牧部族又添入自己的鼓陣及無數號角，愈發喧囂。九位王子及九位公主被領到可汗大帳前，準備進行可悲的婚禮。就在此時，托卡克縱身躍入慶典中央。

他身著華麗的衣袍，足裹水牛皮靴，頭戴山貓軟帽，腰帶上插了一把匕首，配的是銅製雕花刀鞘。他直直走到可汗帳前。儀表如此尊貴，眼睛如此深邃，竟沒有人敢出面阻擋。他瞄了女兒愛德麗一眼，讓她安心，然後，遵循習俗行了個禮，以宏亮的嗓音說道：

「守護鐵礦山的主公們，現在我來到你們面前，好比羊入虎口。光以我耍刀弄槍的名聲，就曾動搖好幾位國王的權位，請傾耳聽我一言，那麼，你們蒙神寵召的王子將能回到先祖的牧場上逐獵，如往昔般大展身手，獵捕難以捉摸的大鴇，或蠻橫的野生公牛。」

「你想要做什麼？你這膽敢在我們面前大言不慚的傢伙！」

「守護山神的主公們，你們的孩兒不都居處高位？他們的額頭上不都纏著王子的巾帶？他們強壯的臂膀不都乘載著你們的希望與喜悅？」

「我們的孩兒確實如此。」

「拿他們當祭品，你們豈不心碎？」

「他們的犧牲能平息埋於山中的軍隊，能為我們帶來雨水，這是神的旨意。」

「昨天夜裡，神對我說了話。」

此言一出，哄然響起了一陣激烈的抨擊與譴責。刀劍揮動，鏗鏘作響。人們撲到他身上，凶殘地捆綁他的手，用力按彎他的背脊，直到他吃進滿嘴塵土。然而，他堅決不肯垂下眼睛。

老夏卡向他呸吐了三次，拔出短刀，準備割下他的頭。

「這些喝奴隸奶水長大的扒土廢物，留著做什麼！」他大嚷起來，聲音因憤怒而顫抖。

但在羞辱難當的可汗們右邊，立著另一位老者。他命令夏卡刀下留人，然後朝囚犯走去。

「這位陌生的主公，」他詢問托卡克：「你不是生來扒土的廢物。你曾長期驍勇地征戰，難道這不是實話？」

「如果戰士的口中吃滿塵沙，他只會緘默不語。」

他一面說，一面憤憤地拉扯綁繩。老者命人將托卡克扶起，繼續審問：

「你曾與寇拉卡的孿生騎士對決，是不是真的？」

「我的雙肩上還留有傷跡。」

「你曾侍事尼蘭達的王侯們三年之久，是不是真的？」

「你在我腰帶上看到的這把匕首就是他們給我的。」

「你曾帶領三百騎士走到星礫國？」

「我腳上這雙黑色水牛皮靴正來自那遙遠的國度。」

於是，老者將他雀鷹一般的側臉轉向可汗們。

「守護山神的主公們，在諸位面前的這一位，將能破除妖術，而且，若諸位信得過我，從今以後，你們兒子的兒子將平平靜靜地與他女兒的女兒結成連理。請還他自由，照他的話去做。」

「各位主公，我用性命發誓，千萬別照他說的做。」夏卡怒吼，聲如雷鳴。「這個陌生人跟野狗同種，從他身上絕對出不了好事。應該把他的人頭掛在龍足迅鳥的脖子上示眾，拿他的屍體祭禿鷹的五臟廟！」

「我們的嚮導夏卡，你的話我們都聽到了。可是，在祖先傳下來的記事裡，早就宣告這位陌生人的來臨。來人啊！快替他鬆綁！」

於是大勢底定。托卡克走到他的馱鳥旁，從馱鞍兩側取下兩口大袋子，裡面裝滿了大漠細沙。接下來，他命人宰殺九頭黑白花色的公牛作為牲禮，將牛血混入地上的沙堆，然後，靠他那雙巧手，用這團沙土捏出九名戰士，個個從頭到腳全副武裝。在這九名戰士身上，他又淋上一次牛血，然後走向青銅大門。他越過門檻九次，每次搬運一名戰士。

鐵礦山下有一座地穴，大得足以容下一整座大城及城裡所有尖塔和城堡。靜止不動的軍隊就在此沉睡。一萬名戰士，有的跪著，有的站著，有的乘著青銅戰車，頭盔和長矛在幽暗中發亮。萬名戰士的紅土心臟同時跳動，聲勢有如狂風暴雨，隨時可以甦醒，襲捲大地，摧殘殆盡。

第一次進入，托卡克覺得地轉天旋，暈眩了許久。受到鼓聲召喚，他心中的老兵魂活轉了過來，急切地想加入那千軍萬馬，像螞蟻窩裡的一隻，聽從軍隊的鋼鐵紀律行事。

第三次進入，油膩的皮革混合著兵器凜冽的金屬味，他為之陶醉不已。像是重回到冬日的戰場，懷念那雨水和著稀泥的色調，又憶起烈日下汗水和著塵土的沙場。

第六次進入，他聽見兵器鏗鏘、戰馬嘶鳴，以及拱門之下的號令聲與答令聲喧囂震天。他的心在狠狠地敲擊、奔騰，像一匹醉心金鳴吶喊的駿馬，在空中躍然迴旋。

第九次進入，托卡克放下最後一名土戰士，口鼻充斥一陣瀰漫在所有戰場上的噁心屍臭。於是，他顫抖地對黑甲武士們說：

「鐵礦山下的神主啊！你們指定的九個人來了。和各位一樣，他們出身尊貴，體內流著公牛狂野的血。和各位如出一轍，他們穿戴盔甲，腰間繫劍。請笑納，失去九位，得回九位，讓他們入列，接受各位的教導，讓你們的忿怒永遠平息。」

他退下之後，青銅門轟然關上，宛如五雷轟頂。山巔上突然烏雲密布。紮營處傾盆大雨如水簾般狂瀉，驟雨落地，滴答迸裂聲愈來愈響亮，愈來愈急促，增強了兩倍、三倍，到最後，形成一陣令人嘆為觀止的嘈雜，迴盪在一

座又一座的山谷間。鳥騎貪婪的嘴喙對向天空，人們歡聲叫喊，跳起舞來，慶祝終於天降甘霖。

只有老夏卡仍一臉惱怒難平。這麼多年來，他冒著生命危險，受鐵礦山戰士的召喚牽引，帶領游牧旅隊在大漠通道上行走。現在，他害怕鼓聲將永遠長眠，而他衰老的心也將就此停止跳動。

托卡克將女兒愛德麗擁入懷中。老家的村子裡，伊格薇拉正等著他們。

巨型仙人掌下圖勒德蘭族的營地。

巨型仙人掌開花期間會朝四周發射刺針，
殺死十臂之內所有過往生物，這就是「屠殺季」。
在這個時節，
游牧部族成群入侵生活在沙漠邊境的農村，
掠奪辛勤耕種的農民——「扒土人」。

刺蛇。
被牠咬傷並無大礙，
但牠身上的細刺能致人於死地。

戰士騎乘公龍足迅鳥。

獵殺野生公牛的狩獵活動。

沙漠蠍蝽。
這種怪物般的昆蟲住在沙地下，
專門吸食新生小牛的血肉。

沙漠袋鼠。
聽到鼓聲，
牠頭上的珊瑚角就隨之變紅。

少女騎著長途鳥。

孩童們在一顆蛋上
玩平衡感遊戲。

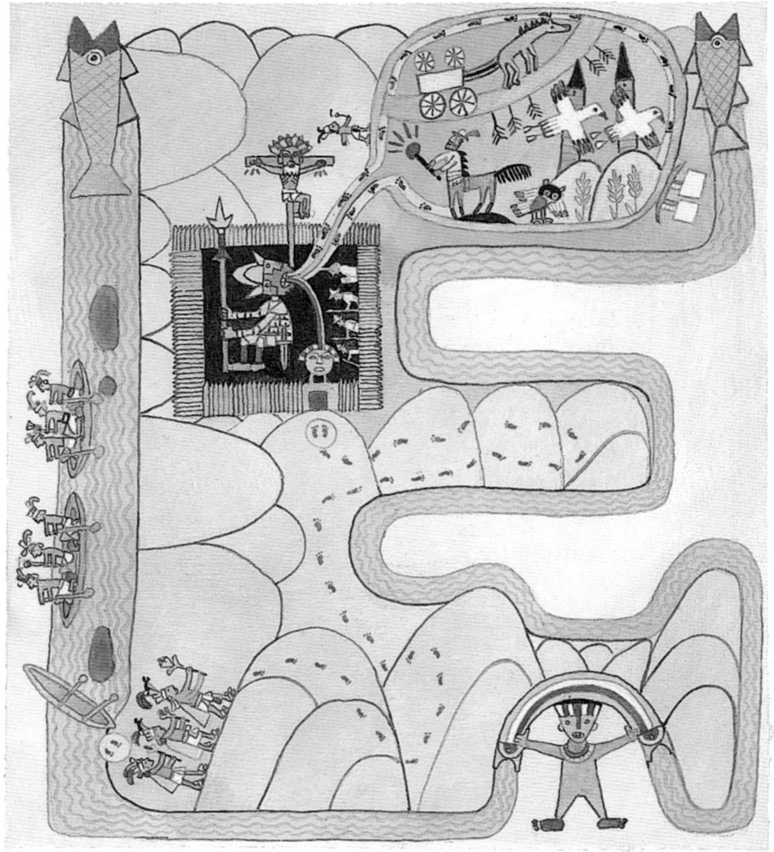

# 艾絲梅拉達綠寶石山

La montagne d'Esmeralda

在五城帝國的邊境上，有一條長長的結繩鏈索，懸綁在石柱上，綿延一山又一山。
帝國裡的智者命人建造這座奇怪的屏障，防止紅鬍蠻族再度入侵。
在偉大的統帥伊提拉瑪圖拉克遠征之後，蠻族已被驅逐到艾絲梅拉達綠寶石山之外。

青山黛影中，五城帝國是個祥和盛世。城鎮繁華熱鬧，有如陽光下的蜂巢；而即使在月光閃耀的石板路盡頭，最隱蔽的小村落裡，穀倉也富足滿溢。然而五城國的智者與君主每夜都做著噩夢；夢中，遠在國土疆界之外，有一支凶殘好戰的民族，使此處寧靜和平的生活蒙上陰影。於是，他們決定派軍征討，早日除去心頭大患，並任命智勇雙全的伊提拉瑪圖拉克為統帥。他必須與邊界鄰邦締結新盟約，並盡可能地接近「紅鬍戰士」的陣營，刺探軍情。為了這趟任務，伊提拉瑪圖拉克挑選了最優秀的將領與最精銳的士兵一同前往。他告別國都，朝天空與

太陽升起之處出發。此去一別兩年，途中歷經數不盡的陷阱機關，最後僅帶回一小隊人馬。朝政會議上，他對大老們稟奏：

崇高的羽毛與蘆葦之主，黑墨與紅墨的守護者，敬愛的四色玉米弟兄。在燧石年第九個月的第三天，我，伊提拉瑪圖拉克，謙卑地向各位致上最高敬意！在此，謹獻上敘述五城帝國邊疆遠征之記事。那兒，開天闢地以來就存在的原始森林裡，嫩葉都被濃霧之神的白色紗帳淹沒。

遵循諸位遼闊夢境中的小路前行，我來到該國度，那裡住著那些註定為我族帶來不幸，有著紅色鬍子的敵人，心如猛獸的金屬魔族。

在參與這趟長征的兩千勇士中，有額前戴著羽毛冠的驍勇將領，手持黑色長矛的傳令官，發射致命利箭的弓箭手，雙手長繭仍奮力擊鼓提振士氣的鼓手，以及吹奏神笛的樂手。在這眾人中，主公們，僅有少數人活著回來，人數少得可以讓諸位一把掌握。

可恨那利箭，阻斷了他們生命的紅河；可恨那病疾毒招，可恨那寒冷與疲累交攻，可恨那高燒滾燙無情！

然而，我沒忘記每次禱告，沒忘記祭拜任何神明，只求征途順利。然而，我們心中充滿勇氣，離開了東向最後一條路旁的最後一座堡壘。誠如諸位所知，那裡高高懸著一座藤橋，望之令人生懼。這座橋將我國與友邦分隔。這座鄰國尊敬我朝旌麾，與我族子民保持友善的交易往來。我下令祭神，等待吉日渡橋，然後交換獻禮。在那兒，我們不愁吃喝，歡樂的鼓聲宣告我們的光臨。每座村落的酋長都尊貴地乘著白馬，等候在村口迎接。

這個國家受到英明治理，道路完善良好，蜿蜒在我們共有的祖母森林中心。在那些路徑上行走整整一個陰曆月，也不會遭遇任何障礙，能一路平安地抵達江河之父神聖的岸邊。江河之父這條源流奔向朝陽，流經我族人所不熟悉的土地。於是我們砍鑿輕便的獨木舟，將生命託付給它們。

令人崇敬的主公們啊！我們看見了數不盡的財富！永遠沒有足夠的墨水可供我描摹盡致。而每回想及此，我就熱淚盈眶。我們看過一大群一大群的飛鳥，顏色鮮麗的羽

毛像一件有生命的大衣，遮蔽林樹。我們看過黃首巨蟒，靜悄悄地游過長著作物的稀泥。還有能發人聲的猿猴，懸掛在樹枝上，宛如一串串紅色果實。我們看過彩虹的彎弓拱至天頂，瀑布飛煙濺得那麼高，讓人誤以為自己已走到世界盡頭。白天，猯豬被我們的獵手追逐下山竄逃；夜裡，力量足以粉碎骨頭的獵豹低聲咆哮，金色斑點在我們沉沉欲睡的戰士半闔的眼睛下閃爍。如此日復一日，夜復一夜，我們的隊伍在映著巨大樹影的碧波上，以媲美銀色閃電之速度，飛舟前行。

我們遭遇不少部族，行經許多奇特的國度。有些一看見我們接近，立即棄村逃逸。許多民族講的是其他神祇的恐怖語言。有時候，他們從唇齒間吐出字句的力量如此威猛，可比暴雨後奔瀉的水流。我們則用塗了毒的箭鋒與矛刺，將那些字語塞回他們的咽喉。默默地，這些人沿著河坡跟蹤我們，利用他們長達八呎的吹管，每天殺死我方一名人員，然後消失在守護他們遼闊領土的藤牆之後。每天夜裡，他們敲擊水鼓，對我們加以嘲諷挖苦！好不容易，我們來到獵豹戰士的居所。他們最先向我們談起諸位夢中的敵人。獵豹戰族親切地收下我們的贈禮：珠玉項鍊及羽毛裝飾的盾牌。他們與我方締結盟約，並充當嚮導，領我們直到屏障高原的峭壁。那就是敵軍藏身之處。然而獵豹戰士說什麼也不肯超越設有敵族神祇十字架的地方。因為，要知道，金屬魔族曾洗劫晨星升起處的一個國家，焚毀神廟和侍神者的屋舍。他們的事蹟傳聞就是這麼令人膽顫心驚！它們彷彿長了爪牙，啃咬太陽，抓傷月亮，毒染江河湖海，就連天庭聽聞了，四支瑤柱都顫抖不已！

在他們稱為艾絲梅拉達綠寶石山的山頭，敵族君臨天下。這座高山的峭壁插入雲霄，每夜，雷鳴轟隆迴響在其肩頭。要攻打他們的堡壘，我們必須再增加千倍人馬。

於是，我們決定派遣使節前往敵營。我選了兩位優秀的將領與我同行。行前，我們向神明禱告，建造汗室，進行齋戒，並以一層薄薄的鳥羽覆蓋全身，然後，心中充滿清晨的清新與驕傲，我們出發晉見金屬魔族。

藤蔓與樹木滑過我們全身，前進，向前進，不斷向前進，經過三天三夜，終於來到堡壘城牆下。

我們將金盃與果實放置地上，表示停戰。他們打開城門，出來接見，兵器指向我們的胸膛。他們人數不多，只有十隻手指頭的兩倍，而且似乎全都已疲憊不堪。他們的武器、頭盔、戰甲都以一種來路不明的金屬製成，布滿大片大片的乾血色汙漬。多麼奇怪啊！他們的顏面毛髮濃密，竟無法在神聖的陽光下發亮！看見我們的手鐲與金項鍊，他們之中有些人開始發顫，全身痙攣，眼裡突然閃爍過一道不安的火焰，整個身軀汗如雨下，嗆鼻得臭氣沖天。

但魔法羽漆保護了我們，我們獻上的禮品激起他們瘋狂的貪婪本性。於是他們大設宴席，奉我們為上賓，並同意與我們一起吸菸，那菸草能使心靈平靜。

黑夜來臨，我拿出旅行的草藥，用鼻孔認真吸取，開始追尋他們真正的來由，竊取他們的夢。主公們啊！他們來自那麼遙遠的地方，那是一個那麼古老的世界，想抵達那裡，必須先渡過一條比我國山脈還寬闊的河……一列列巨大的獨木帆舟劃過河面，它們停靠好幾座雪白大城，粗略估計有幾千人口，每一座都有高牆環繞。那個國度裡有一些奇怪的生物，有人類的面孔，卻以四腳爬行，到處遊走；還有一些生物拖著桌子，桌腳的形狀像滿月的圓盤。他們的神永遠處於垂死狀態，處處向天豎起十字架。正是打著這位神祇的名號，他們凶殘的長矛尖鋒下哀嚎遍野。他們懂得如何將雷聲與霹靂關入黑色金屬製成的罐子裡，卻對我們的先祖——玉米毫無所知。而收成時灼燒手指，入口後變成舌頭最高享受的辣椒，他們也從未聽聞。他們用取材於境內動物的斧頭艱難地掘土，他們將白色大鳥捆綁在石塔上，用牠們來磨輾穀物。他們擁有寒冷的季節，屆時蒼白且灰暗，樹木葉衣被剝光，國境內百花被滅殺。那個時候，他們把自己關在黑暗的屋子裡，只有石頭煙囪冒出炊煙……

當我從他們夢中這趟奇異的旅程回來，主公們，我發現我身邊所有的人都在城寨中沉睡。紅鬍蠻族熱切地擁抱我們贈送的金手鐲和金項鍊。於是，我決定運用植物魔法和聖歌，延長他們冰冷的睡眠。然後，我悄悄召來我族戰士，將他們搬走。我的主公們，他們沉重無比，而在他們的紅眼皮下，還能看到金屬與鮮血的夢境輪轉。我們搬運他們三天三夜，將他們放在一張木筏上，放入河中，任黑曜岩的水流載他們到大鹽湖，人說，那是我們世界的盡頭。

但願他們平靜地離開，主宰金屬的魔族，但願玉石、羽毛和黃金守護他們好眠，直到抵達那遙遠的國土。但願遺忘從此在他們的記憶中抹去通往我們領土的道路。

伊提拉瑪圖拉克的事典，敘述遠征艾絲梅拉達綠寶石山的經歷。

「隱形」戰士
正在吹長吹箭。

獵豹戰族的哨兵

汗室

伊提拉瑪圖拉克手持草藥，
開啓夢的大門。

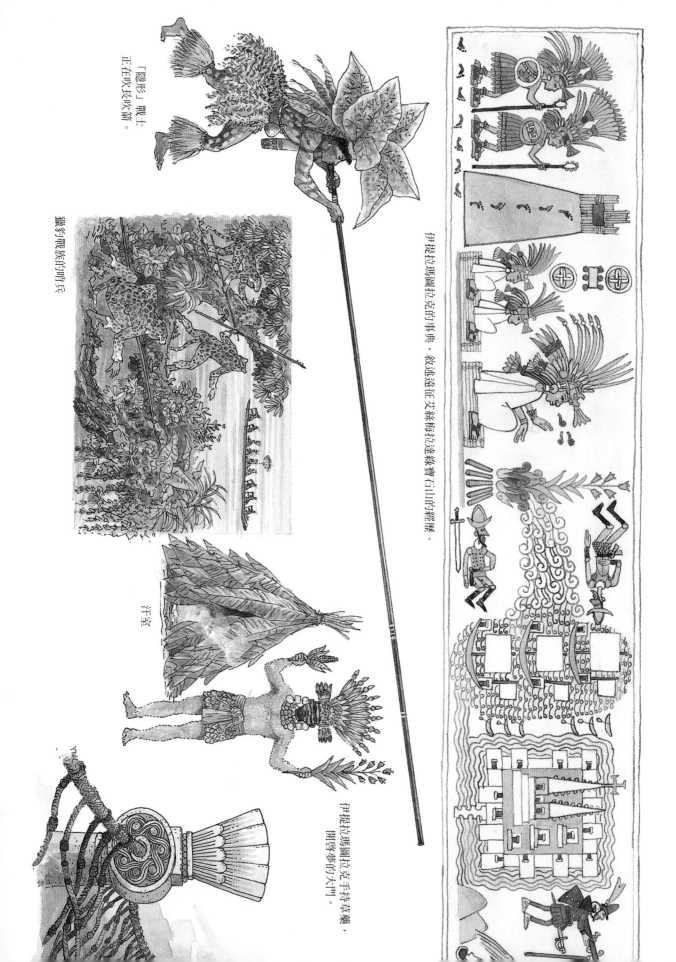

巨型邊陲屏障以幾十萬條繩索編成，
每一條繩上都載有一句邊陲祝禱。
從遠征艾絲梅拉達綠寶石山凱旋歸來後一年開始建造，
跨越四分之一個世紀才告完成。

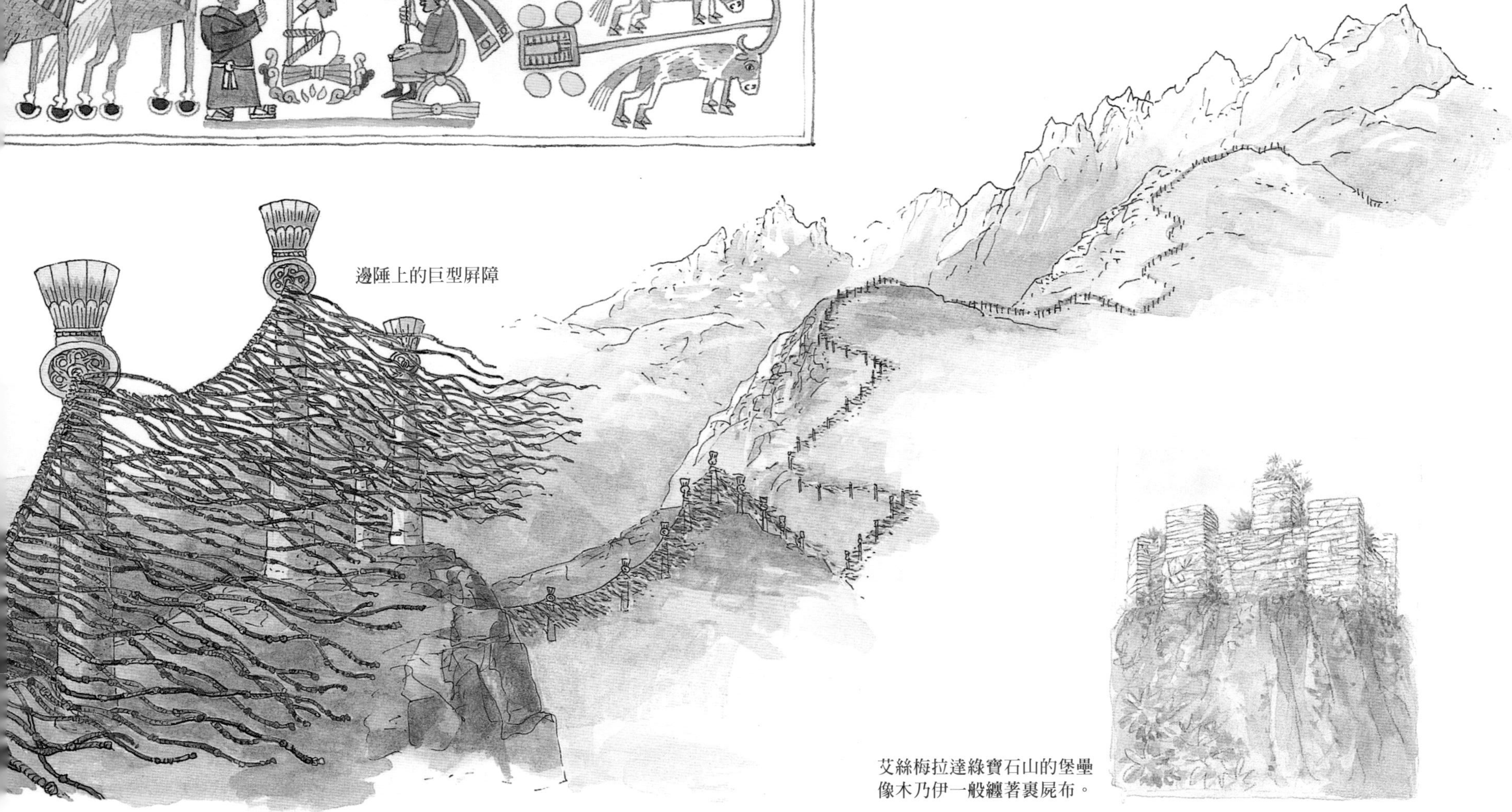

邊陲上的巨型屏障

艾絲梅拉達綠寶石山的堡壘
像木乃伊一般纏著裹屍布。

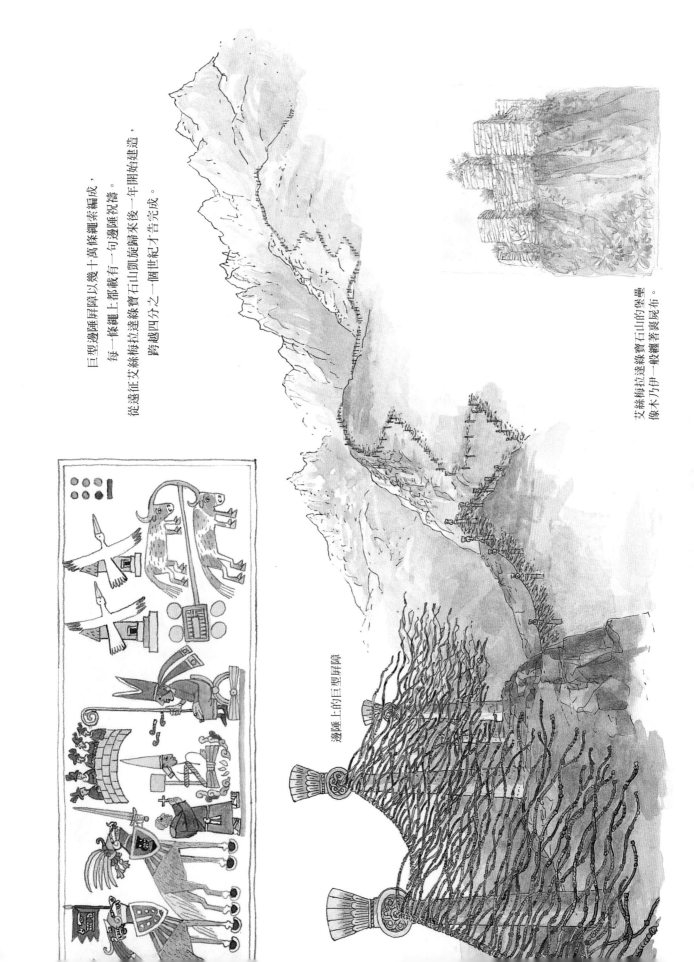

# 弗立淞寒顫國

Le pays des Frissons

在最遙遠最遙遠的陸地北方，有一個國家，氣候非常嚴寒，於是人們稱之爲弗立淞寒顫國。
夏日的陽光，僅能滋長出稀罕的小草，讓岩石的青苔上短暫綻放幾朵小花。
而一旦冬天來臨，整個寒顫國就消失在冰雪之下。那是長夜的時節。此時，所有人的夢都在眠室深處交錯。

我叫南加吉克，今天，我宰殺了生平第一頭鯨魚。

我坐在海豹皮艇中，半閉著雙眼，呼喚著海面下我的兄弟。幽沉的水面上，陽光點點舞動，而我的小艇停滯不前，僅隨細浪拍打的節奏擺盪。在我四周，其他獵人乘坐各自的小艇，任海洋渾厚的呼吸載浮。他們在等待，每個人都和我一樣，呼喚著海面下自己的兄弟。

不知過了多久，我一直停留在那裡，乘著微微波濤輕晃。這段時間中，我不斷呼喚著海面下的兄弟，他是我在長夜時節裡的分身，在遙遠的冰山下，騎乘長著利牙的海象。

我用心內的聲音呼喚著他，唇上殘有鹽味，闔上的眼簾後面，心神安然休憩。突然，我知道，他來了，他從黑夜深處趕來，追獵著前方的鯨魚。那頭鯨躍出水面，有如

一座淌著瀑流的大山，我的魚叉立即擊中目標，那麼有力，那麼迅速！依循同一個拋物線，我擲出第二支魚叉，插入牠巨大的身軀。如果你的手臂不能在頭腦下達指令前動作，那你可無法在我的國家裡生存。

其他獵鯨人使出全力划槳，前來包圍那頭巨鯨，每一位都射出以獸骨磨尖的致命利矛。鯨魚在被自己鮮血染紅的海水中緩慢翻滾。我們將牠拖上岸。我從牠的左鰭割下一塊肉，使出渾身解數將它拋入大洋，答謝海面下我那位兄弟。

可喜可賀的一天！婦女們紛紛來到堤岸上，分切鯨魚肉，為我的勇氣高聲歡呼：南加吉克！我年輕的妻子走到我身旁，用手背輕輕撫過我左頰上的三道深色刺青，悄悄地不讓別人看見，因為這是僅屬於我倆的小動作。妻肩背的襁褓裡，我們的兒子正對我微笑。未來，當他也冠上獵人的稱號，他也將在左臉頰紋上三道刺青，因為，自此以後，那就會是我們家族的標記。朋友，如果你想知道這三道刺青的由來，請聽以下這段故事：

故事發生時，我還是個孩子。我們的村莊正為度過寒冬的長夜時節做準備。鳥兒早已飛往南方，冰雪覆蓋了大地。我的父親上路獵熊；他的名字是天行者，因為，比起其他獵人，他總到更遙遠的地方尋求冒險；每當他微小的身影又在地平線出現，我們都欣喜無比。然而，那天，我們等得實在太久了，我的叔父於是決定出發去找他。其他獵人卻都持相反意見。他們說，在部落這麼需要人手的時候，為救一條命而犧牲另一條人命，並非明智之舉。我叔父自顧自地裝備好雪橇，我央求他帶我一起去，他便叫我跟他一起上橇。要不了多久，我們就尋得父親的足跡：直直一路指向北方。

兩天後，我們找到了他。他平躺在地，臉上被切劃了深深的傷口，呼吸艱難。距他約三步之處，攤著一頭熊的屍體，胸口上釘了一根長矛，一支斷了的魚叉刺穿牠的咽喉。我環顧四下，看見猛獸的爪掌，上面斑斑褐色血漬；五頭家犬已死，身軀處處撕裂，還套繫在父親的雪橇上。根據足跡判斷，父親在回家時，熊早已遠遠跟蹤了一段路。牠故意繞道，利用白雪在視覺上造成的盲點，埋伏在道路崎嶇之處，對父親設下陷阱。牠那欲置人於死的怒火很容易理解，因為，父親的雪橇裡有一張漂亮的白色

毛皮，想必是一張母熊皮。天行者被突如其來的攻擊嚇了一跳，雖還來得及將魚叉刺入野獸的喉嚨，又用長矛射出致命一擊，但可想而知，打鬥必然野蠻殘暴，因為，在可怕的熊爪之下，竟沒有一頭雪犬倖存。我們將父親抬入雪橇，重新出發。回家的路還很長，於是，叔父同意讓我跟他輪替駕馭雪橇。拉橇犬著魔似地拉韁狂奔，因為我們絲毫不給牠們喘息的機會。

終於，遠遠地，我看見了村落的炊煙。印象中，阻隔村子和我們之間的幾里路，彷彿經過了天長地久才跑完。人們跑上前來迎接我們。刻不容緩，我們立即將父親抬進小屋。一位姑姑給我端來一碗肉湯，喝完後，我就沉沉睡去。

醒來時，我吃了一驚，怎麼會來了這麼多人。母親正用海豹油搓摩父親的身體。薩滿點燃藥草，一面吟誦咒語；其他部落成員則坐在陰暗角落，僅透過爐火及一盞油燈的微光依稀可辨。

好幾次，父親發出嘶啞怪聲，然我們在座無一人能聽懂他想表達什麼。

我走出門外。薩滿的禱告愈來愈響亮，小屋的牆板都震動起來。一些魅影怪形自屋頂溜出，並令人作嘔地飛掠我的髮梢。他們是死亡的惡魔，終於放棄奪取父親的生命。

我彎腰跨過門檻。他坐在床上，一群人圍繞著他微笑。他的臉上被劃了三道深深的傷口，臉龐因痛苦而變形。

他讓我害怕。

隔天，我跟著叔父打獵，到上床時間才回家睡覺。母親和一位姑姑輪流看護父親。那天晚上，他再次發出一串串難以理解的囈語，直到早上，半夢半醒之間，我清楚聽到他說出我的名字：「南加吉克」。

我朝母親望去，她仍在熟睡中。我用一支手肘撐起上半身。「南加吉克！」那的確是父親的聲音，是英勇的天行者，他正在呼喚我。我將耳朵湊近，聽他喘著氣說：「南加吉克，那隻狗……」

他抓住我的手臂，又說了一次：「狗……」他的手指更用力地將我的手臂緊緊咬住，再度追問不捨：「南加吉克，那隻狗，你們把那隻狗帶回來了嗎？」

幾乎就在同時，屋外傳來激烈的喧鬧聲。我們養的幾隻狗發出陣陣呻吟，那麼地淒厲古怪，我嚇得無法動彈。「南加吉克，去看看，」父親命令我，聲音聽起來非常恐怖。我很害怕，心砰砰跳個不停，兩腿發軟。「去！」他下達最後通牒，並鬆開我的手臂。

我走出屋外。距離村子最後一間小屋約長矛一擲之遙，一隻大狗直立在一座小山崗上。村裡所有的狗都弓起了脊背，原本下垂的嘴唇翹得老高，露出獠牙對牠低吠。但大狗似乎絲毫不為所動。牠挺得筆直，耳朵豎起，看不出任何敵意或恐懼。然後，牠那黃色的利眼慢慢地掃視過整座村莊，靜靜走到我面前。當牠經過時，硬是教犬群不得不安靜下來。小屋裡，父親的聲音揚起：「南加吉克，讓牠進來。」

於是，大狗第一次進入我們的茅屋，村裡那些犬隻頓時黯然失色，顯得相形見絀。對於大狗傲慢地霸占牠們原有的地位，那些拉橇主力的雄壯公犬本已耿耿於懷，而現在牠竟還獲得如此恩寵，這更叫牠們憤恨難平：牠們之中，可還沒有任何一隻有此殊榮，能步入人類的屋子。大狗走到父親床邊坐下，父親稱呼牠「熊爪之子」，因為，當他被公熊突擊，幾乎招架不住時，看見大狗躍到熊的脖子上。多虧這頭大狗，他才能有那短暫喘息的瞬間，及時將長矛插入野熊胸口。

我想，熊爪之子是父親讓康復起來的重要因素。隔天，我就看見他下床行走。

他走到哪裡，大狗就跟到哪裡。但是牠不卑不屈，沒有其他犬隻那種宛如跟班的奴性；相反地，牠賦予父親力量與勇氣。父親能再度出外狩獵時，把我也帶在身邊。熊爪之子拒絕佩帶獵具，認為那是一種侮辱，牠隨我們巡狩時，表現得就像一個精通各種縝密計策與巧妙戰術的成年人。在牠身邊待上短暫時光，收穫比我過去那些年的學習還要多。每天，我們看牠帶回一隻狐狸、一隻野兔，或一隻雪雞。然而，湖泊都已開始結冰，距離長夜來臨已無多日。

或許你並不知道，但在我們的國度裡，長夜延續之久，相當於你們曆書上的六個月。我們的族人必須從此時就開始準備。

我們事先就挖掘好洞穴儲藏糧食，預備好收納海豹皮艇的祕密場所，然後，每個家庭都打包好行李，離開村落，前往島嶼北部。到了象牙海岬，我們先把雪橇放置在安全的地方，然後步行至延流成極地浮冰的大冰河。族人個個加快腳步，因為，每過一小時，寒氣就更嚴苛逼人一些。薩滿以聖叉指出即將分裂的冰山，那兒將是迎接眠室之處。

於是，眾人動手建造。我們必須在這座冰山中央挖掘一條通道和兩座洞穴：一座是人類的房間，另一座則給犬隻使用。那是一項艱鉅的工程，所有人都毫不懈怠。我一面工作，一面不時暗中觀察父親。他的左臉頰刻劃著三道恐怖傷痕，扭曲變形的新面孔彷彿一張神聖的面具雕刻。然而，即使他令我敬畏不已，我卻覺得從來不曾與他如此接近。

兩天後，眠室完工了，犬隻的洞穴也大功告成。該做的事只剩下用動物皮毛鋪飾地面與冰冷的雪壁，而那是女人的工作。然後，我們整個部落在大冰河下聚集，最後一次共同進餐。犬隻們也參與這場盛宴，牠們和我們一樣，也必須儲存油脂。唯獨熊爪之子流露出極度不安。牠來回踱步，發出呻吟。我上前想安慰牠，牠卻用力以肩膀一頂，把我擠走。突然，牠轉頭望向東方，如雕像一般靜止不動。太陽繼續西沉，將昏暗的暮色染成血紅。

遙遠的天地盡頭，地平線上漆黑一片，顯現一個微弱的身影。熊爪之子跨出幾個大步，一下子就奔躍到那裡，然後，帶著那身影，慢慢地回到我們的聚會。那是一位年輕婦人，懷中抱著一個嬰兒。

當她靠近時，犬群低吠起來，人們紛紛投以懷疑的目光。她越過那一圈帶有敵意的臉孔，直直走到我面前，泰然的神情，和熊爪之子初到我們村落時一模一樣。

她雙眼注視著我。告訴你，她那溫柔的眼神，在我們這兒從無人見過。

獵人們靜靜等候，那是一種沉重的靜默。我們的生活是如此脆弱，時時充滿危險，要多養活一張嘴，那可會嚴重威脅到整體的平衡。然而，另一個事實是，長夜即將來臨時，神靈禁止我們拋棄任何人。

有些人還在遲疑，猶豫是否接納這位少婦入列。於是，熊爪之子以那雙黃色的眼睛瞪著他們，而她呢，一手放在大狗的頭上，道出這麼一句奇怪的話：「牠是我丈夫。」

此時我的母親已經割下一片厚厚的海豹肉，向前獻給年輕陌生女子，作為歡迎的禮物。少婦露出笑容答謝。那

溫柔的笑容，這裡的人們從未見過。

人群中發出幾聲尷尬的笑，之後，大家又重新坐回豐盛的餐點旁。漸漸地，人們的神情又變得愈來愈沉重。這是因為，長眠之前這段時間對我們來說總是非常難熬，天色愈來愈昏暗，彷彿要吞掉整個世界。我們將火源重新燃旺，火光紅得有如最後一刻的夕陽，薩滿開始沿著我們的圈子起舞抵禦邪靈。他手執聖叉，用尖端在我們每個人心口的位置上輕輕觸碰，而我看到，輪到少婦和嬰孩時，他稍稍停頓了一下，但立即警醒，對他們也做了相同動作。

他環著我們繞了最後一圈，將我們彼此拉得更靠近，然後，用盡全身力氣，對準太陽，將聖叉投擲出去，並發出一聲不可思議的吶喊。

朋友，你沒聽過這這聲吶喊。要知道，那喊聲超越了聽覺！你的心會突然狂跳，彷彿你胸口裡有頭被困在鮮紅囚籠的野獸，到處破壞衝撞！我看見聖叉在空中劃出一道好大的圓弧，深深插入那火紅的星球。於是，長夜來臨，籠罩整個國度。

我們排成一列，抵達冰崖，然後，一個接著一個，次第走入眠室。犬隻有牠們自己的房間，但熊爪之子很自然地隨我們走。要知道，這一切都須依照自古不變的神聖儀式進行。從前從前，我們的先祖神明制定了這些儀式，而遵照其內容行事不僅決定我們現在的人生，也支配來世的命運。我們必須摒除一切邪念，才能將邪靈與噩夢遠遠驅除。在你們的國度，噩夢也會找上你們，但清晨的亮光一早就來解救釋放。在我們的長夜中，情況完全不一樣。我們一起沉睡，我們的夢各自展開卻又相互交錯；任何噩夢，一點蛛絲馬跡，只要溜進來，可能就會讓整個部族陷入恐慌和癲狂。我告訴你吧！現在，有許多部族落入邪靈掌控，還在生與死之間遊蕩，因為，他們輕忽了長眠之前該行的儀式。

現在，我們以薩滿為中心圍成一圈。一位接著一位，他點名每一個神靈，懇求祂們保佑我們平靜安寧。他的聲音聽起來很奇怪，低沉且沙啞，彷彿不是從他身上發出，而來自另一個軀體。透過油燈的亮光，可看到他臉上不停淌出汗水。他坐在腳跟上，搖晃著身體，配合擊鼓，重複念著相同的咒語，而我們則被一波又一波的寒顫淹沒。我們感受得到，邪靈就在我們周圍遊走，犬隻受不了緊張，

在牠們的房間低聲呻吟。我們四周，寒冰發出恐怖的碎裂聲響。這片冰崖沒入幽暗之洋，而我們正位於冰崖脆弱卻跳動著的心臟所在。北風對著西風咆哮，而西風又迎著東風怒吼。

每對抗一名邪靈，我們的薩滿就要耗上更多體力，他的頭愈來愈沉重，幾乎已垂在胸口上。隨著時間流逝，他的鼓聲節奏漸漸微弱，但邪靈的威脅卻仍不斷逼近。許多人對陌生少婦投以嚴厲譴責的目光。在眠室的中心，不可能將手放在她身上，甚至不可能對她口出惡言，因為，在這個地方，所有說出的話語都會凍結，直到春天才會甦醒，而屆時力道將增強十倍。

彷彿要加深大家的困惑似地，她懷中的嬰兒竟然哭了起來，嚎啕大哭的聲音蓋過薩滿的祝禱。有位獵人企圖讓嬰孩噤聲，但熊爪之子的黃色目光阻止了他。我們部族面臨著前所未有的急迫危機，全體族人恐將變成遊魂。

這時，少婦唱起歌兒，搖哄孩子靜下。這首搖籃曲旋律單調，平緩又溫柔。而她身上散發出一股魅力，令人著迷，每個人都有一種感覺：自己似乎依偎在她溫暖的乳房上，感受著她雙臂的熱度。我們的知覺逐漸遲鈍。這會兒，皮鼓悄聲低吟，薩滿的祈禱聽來愈發安祥平靜。他低沉的嗓音應和著年輕母親的呢喃，她正低頭凝望親兒。就這樣，我們沉沉睡去，周遭一片靜好，宛如世界最初之晨。

我們進入長眠，冰山的峭壁脫離冰河，在浮冰區展開一段緩緩的漂流。我們的人身皮囊便懸在汪洋與蒼穹之間，而漆黑的世界裡早已分不清海天，只有星光守著我們交錯的夢境。

洞穴中央，通往天際之軸心，薩滿盤坐入眠。他是指引我們漂流的舵手，領我們行過幻夢之路，尋找沉睡於海面之下的太陽。你也許不知道，在冰山群下，存在另一個國度，和我們的國家完全相反。深海裡，冰山留著濃密的綠髮，鯨魚就在其間游牧。在那兒，我們騎乘海象朋友，過著快樂的日子。我們變成了「海面下的兄弟」，揚起眼就能看見，在時光的另一面，海豹皮艇的影子飛快滑移。

朋友，我告訴你：在我們所有的夜間旅行之中，就屬那一次最美最幽靜。

我們在凍結的海上繞行一大圈，最後回到出發時的原點。我的部族慢慢從長眠睡夢中轉醒，耳中迎來的是尚繚繞在洞穴中的年輕陌生女子的歌聲。然而她早已消失，和她一起失去蹤影的還有黃色眼睛的大狗。我與父母親一起走出洞外。在這第一個早晨新落的雪上，印著朝南方遠去的足跡。顯而易見，那是年輕女子的腳印，與之平行的，是一個男人和一個小孩的足跡。我的父親，英勇的天行者，伸了個懶腰。他的三道傷痕已經結痂。他對我微微一笑，然後，非常非常緩慢地，以手背輕拂母親的左臉頰。

自遙遠的那一天之後，我又完成過許多趟夜間旅行，也輪到我離開老家，建立另一個新家庭。今天，我宰殺了生平第一頭鯨魚。我剛出世的兒子對我微笑，而以手背，我輕輕撫摸了年輕妻子的臉頰。如果，在那個獵熊的日子，父親沒有到地平線的彼端尋找出答案，或許我們永遠不會知道，這個動作原來蘊藏著無比的溫柔與強大的力量。

夏日的營地

「屠日聖叉」，尖端是一根獨角鯨的長牙。

寒顫國居民的小屋內部

祭祀用的熊皮，
可以幫助薩滿在眠室對抗噩夢。

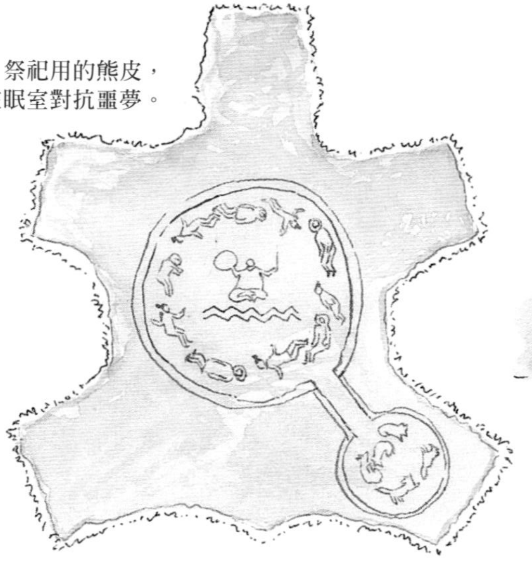

獵熊情景。
薩滿必須僅以一隻單刀對抗猛獸。

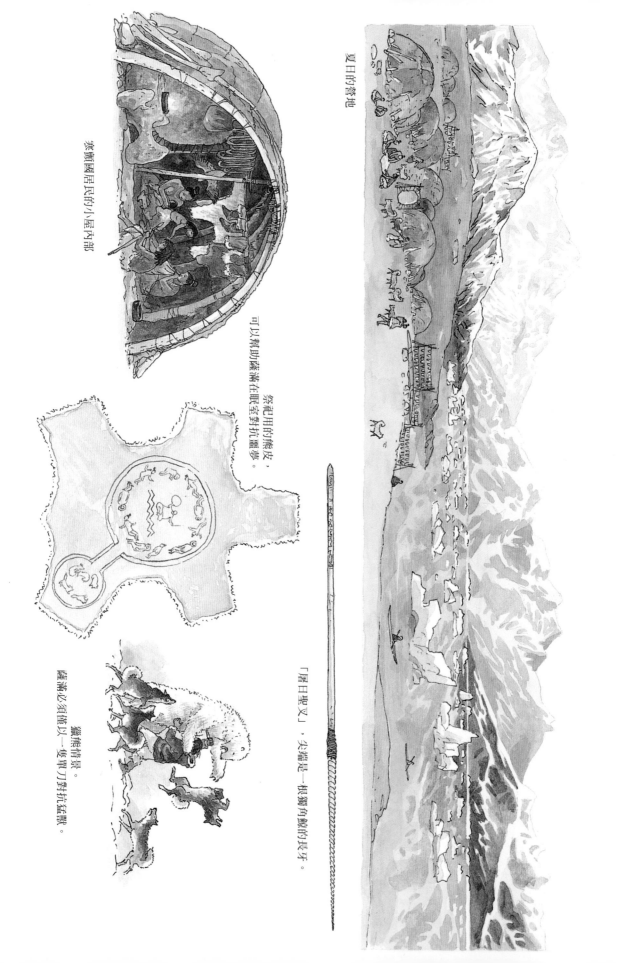

噩夢面具。
有些薩滿會在長夜前夕戴上它們。

在長夜之旅途中，
寒顫國的居民會變成「海面下的兄弟」，
騎乘海象，追獵鯨魚。

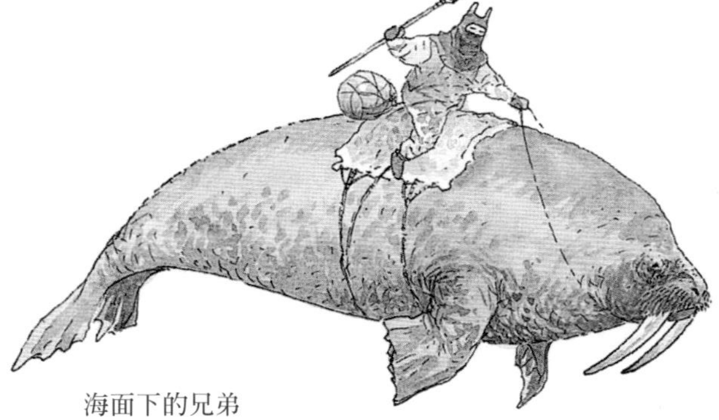

海面下的兄弟

在冰山下的牧場中徜徉的鯨魚群

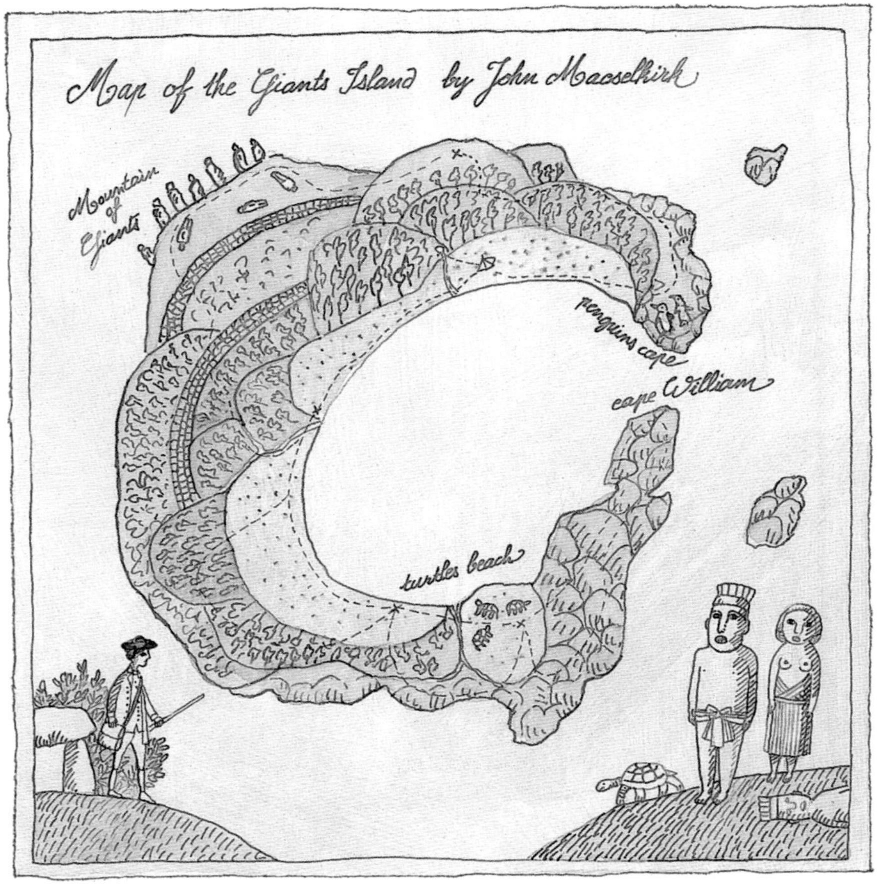


# 巨人島

L'île des Géants

根據某幾位地理學家所稱，巨人島是一座漂浮島，從一面海洋消失，然後浮出於另一個海洋表面。
其他學者則認為巨人島不只一座，但都非常難找，所以人們根本忘了它們的存在，全都混淆成同一座島。

西元一七五一年六月十四日，黎明天剛亮，約翰．麥克瑟奇爾克就已起床。他簡單梳洗了一下，換上衣服，下樓到廚房，吞下一杯溫牛奶和一片培根煎肉。他穿上皮腿套，披上外套，取下掛在壁爐附近的背包和長槍，吹了聲口哨，喚來獵犬，出門之後，大步走上通往荒野的道路。他經過石橋，沿著慕里松家一畦畦燕麥和大麥田向前，然後爬上通往山丘頂的陡坡。

貧瘠的山稜一片淡紫，上空，雲朵成群移行。獵犬在一叢叢歐石楠和蕨草間跑來跑去。少年約翰跟在牠後面跑下山，走到河畔。他倆沿河往上游繼續走了一個鐘頭左右。約翰心情沉重。他多麼希望祖父還在人世，一起慶祝他十五歲的生日。他的雙親早已去世，遺留下一座莊園，

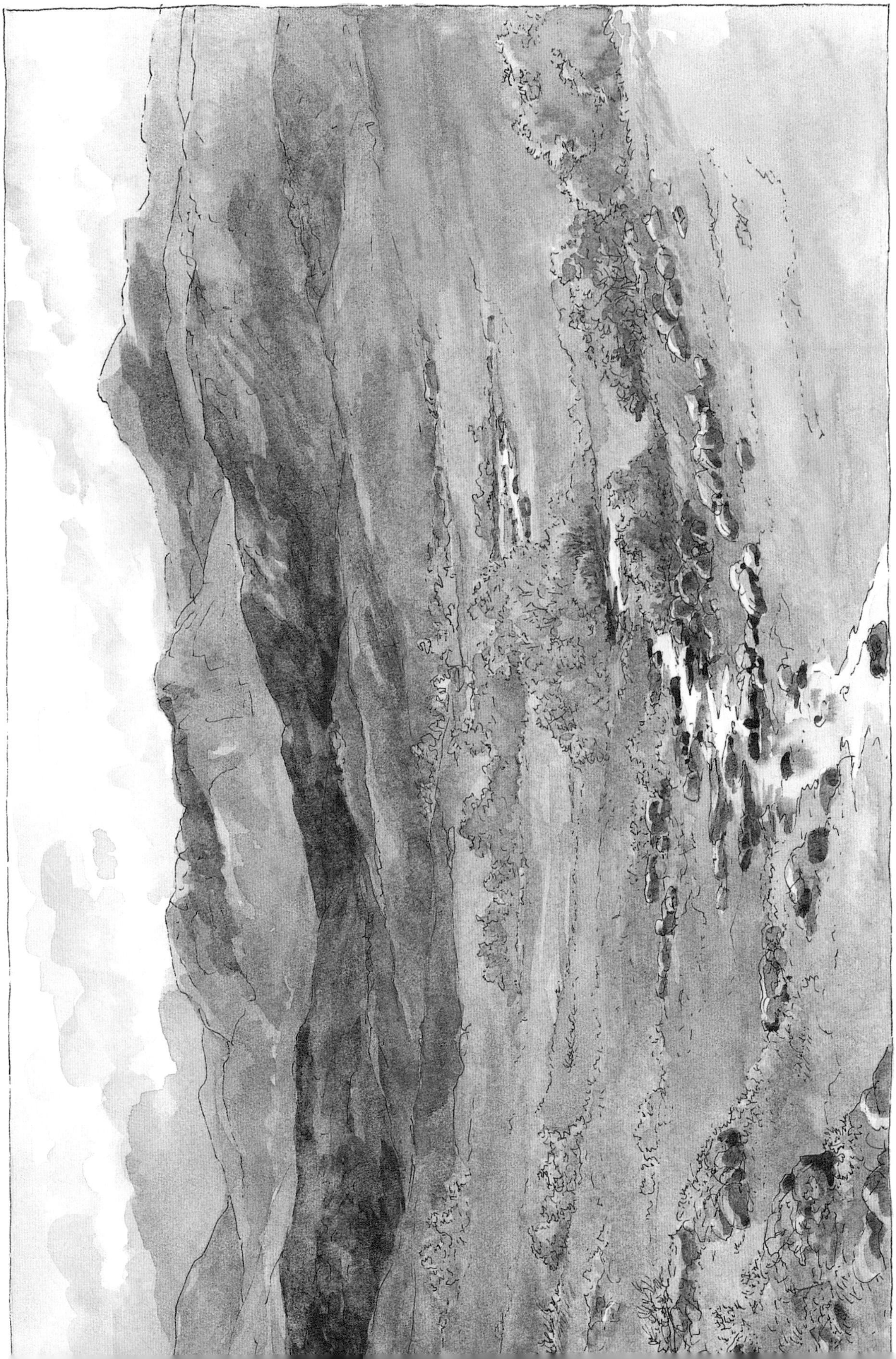

大半已成廢墟，在蘇格蘭地區占上幾畝地。同時他也繼承了領主之頭銜，得以可憐地小小驕傲一番。而現在，祖父也撒手人寰，這片領地得由他來監管。這塊土地上總飄著淒風苦雨，又種不出好收成，僅剛好夠生活在這裡的六戶人家糊口，守著它又有什麼用？他一面前進，一面回想祖父臨終前那段日子。在一起度過的夜晚時光裡，老人對他講述了許多昔日航海歲月時的種種：雪白的帆迎風鼓脹，船頭傳來海水的歌聲，狂風暴雨之令人膽顫心驚，南方海域那些中途港是多麼甜美宜人。他好想念祖父啊！但他不該哭，祖父曾告訴他：一個男人要在世上打拚，必須擁有大樹般的身體及巨人般的心。

風很大。約翰的軀體逐漸失去感覺，而距他約二十步左右之處，一隻大松雞飛了起來。約翰荷槍上肩，瞄準並同時開槍。爆炸聲明確粉碎了他適才陷入的憂鬱懸想。獵犬小黑立即奔去尋找中槍的野禽；約翰吹了好幾次口哨，驚訝為何沒見牠帶回獵物。然而他確定自己一槍命中。他每次出門打獵，皆遵從祖父的教誨，只帶一顆子彈，也從未失手。最後，他總算在一片濃密的染料木林下找到小黑。狗兒垂著耳朵，豎起毛，低聲咆哮。松雞橫屍在牠的腳爪下。約翰凝視野禽火紅的羽毛，上面還綴著幾滴鮮血。他拾起尚存餘溫的獵物，放進背包。但狗兒仍不停嗚咽低吼，對著一張像石桌的東西露出獠牙。那玩意兒有一半埋在土裡，藏在重重林木之後，並不容易辨認。約翰走入樹叢中，用手擋開隨風搖曳的樹枝。那石桌高及他腰部，標示著一個地下空間的入口。那空間看上去漆黑一片，深不可測；且它又過於狹小，不可能作為地窖或墓穴。它離一切都很遠，自然引人好奇、擔心，甚至讓狗兒狂亂焦躁，儘管約翰最欣賞的就是小黑在狩獵時表現得熱情十足。他一再撫摸小黑好久，要牠安心，然後踏上歸途，腦海裡轉著各種故事：可能是埋在某處的寶藏，或是藏匿私貨的地點。他在中午回到莊園，將松雞交給廚房調理，用過中餐，剩下的時間則用來處理領地事宜。

隔天，他帶著一只燈籠，回到石桌所在之處。小黑很頑固，堅持不隨他進入染料木林。可憐的狗兒，站著全身發抖，對著幽黑的入口露出尖牙，不管主人如何喝令或輕聲安撫，一律充耳不聞。約翰聳聳肩，跪趴在地上，點燃燈籠，發現一條石頭廊道，裡面刻鑿了許多螺旋紋像。一股地窖與潮霉的味道，從地層深處的泥壤中傳出。約翰鑽入石板下，頭頂上的石壁很低，他只能以手肘和膝蓋匍匐前進。他維持這個姿勢，爬了大概有一、兩個鐘頭吧！甚至未對自己竟能呼吸到理應稀薄的空氣感到驚訝。引導他前進的燈籠始終僅照亮一條路，就是這一條，在他眼前一點點地展開，隨即一點點地消失在他身後的影子之中。

鑽出狹道，約翰來到一片位於山側斜坡的開闊空地，他在挾帶大量水氣的陣陣強風中飄搖顫動。在他的頭頂上方，山巔消失在霧氣之中；而腳下則是一片灰色森林。

一株株大樹被青苔及灰色的地衣覆蓋，枝枒間瀰漫著一股悲愁，許多樹木橫倒在地，上下顛倒；另一些疊壓在雖受強風侵襲、卻仍屹立不搖的樹身上。約翰吃盡苦頭，好不容易在樹枝、老根和綠苔長長的綠瀑間闢出一條路。他從腐朽的樹幹溜下，一下子又陷入遭蟲蟻啃爛的木頭裡；攀爬著被連根拔起的枝幹，匍匐於扭曲根條下的軟綿泥地。半明半暗之間，轟隆隆的激流聲從四面八方傳來，遠遠地還能聽見波浪拍擊。不過，在初次探勘行動結束前，他尚無法抵達岸邊。他返身鑽入地下通道，等回到莊園時，夜色已深。小黑早就翹首盼望主人回來，一路上不停哼哼嗚嗚地低聲嘆氣。

接下來的幾個星期裡，約翰又到「那邊的世界」尋訪了好幾次。就這樣，他摸熟了從森林到海邊這片土地。海浪擊打海岸，在岩礁上碎成浪花泡沫。他總在入夜之後才回到莊園，滿身擦傷泥痕，精神恍惚遲鈍，讓同住園子裡的人們好不擔心。

有一天，他爬出地道來到「那邊的世界」，景色竟完全不一樣了。雲海之上浮出許多岩石，頂端長著奇形怪狀的松樹，像一座座輪廓不明的小島。一塊石頭上，坐著一位老人，背對著約翰，正在作畫。他拿畫筆的方式非常奇特，垂直懸在畫紙上方，彷彿只想輕輕拂過。然而他的動作迅速有力，勁道氣魄令人折服。他僅使用黑墨，墨色略淡。每一下筆，就生出一塊岩石、一株樹木或一座高山。他作畫的姿態優雅極了，約翰相信自己應是遇見了神仙。老人驀然察覺約翰的存在，轉過身來，抬起眼看他。然而老人下巴上長長的白鬍鬚稀稀疏疏地隨風飄動，驚嚇的神色顯得那麼古怪，令約翰不由得笑了出來。老畫家稍稍遲疑了一下，也不禁放聲大笑。他急急忙忙地收拾衣物，將畫紙夾在胳臂下，畫筆握在手裡，像個小偷似地逃跑。而約翰恐怕再也見不到這號神祕人物和他筆下的風景。

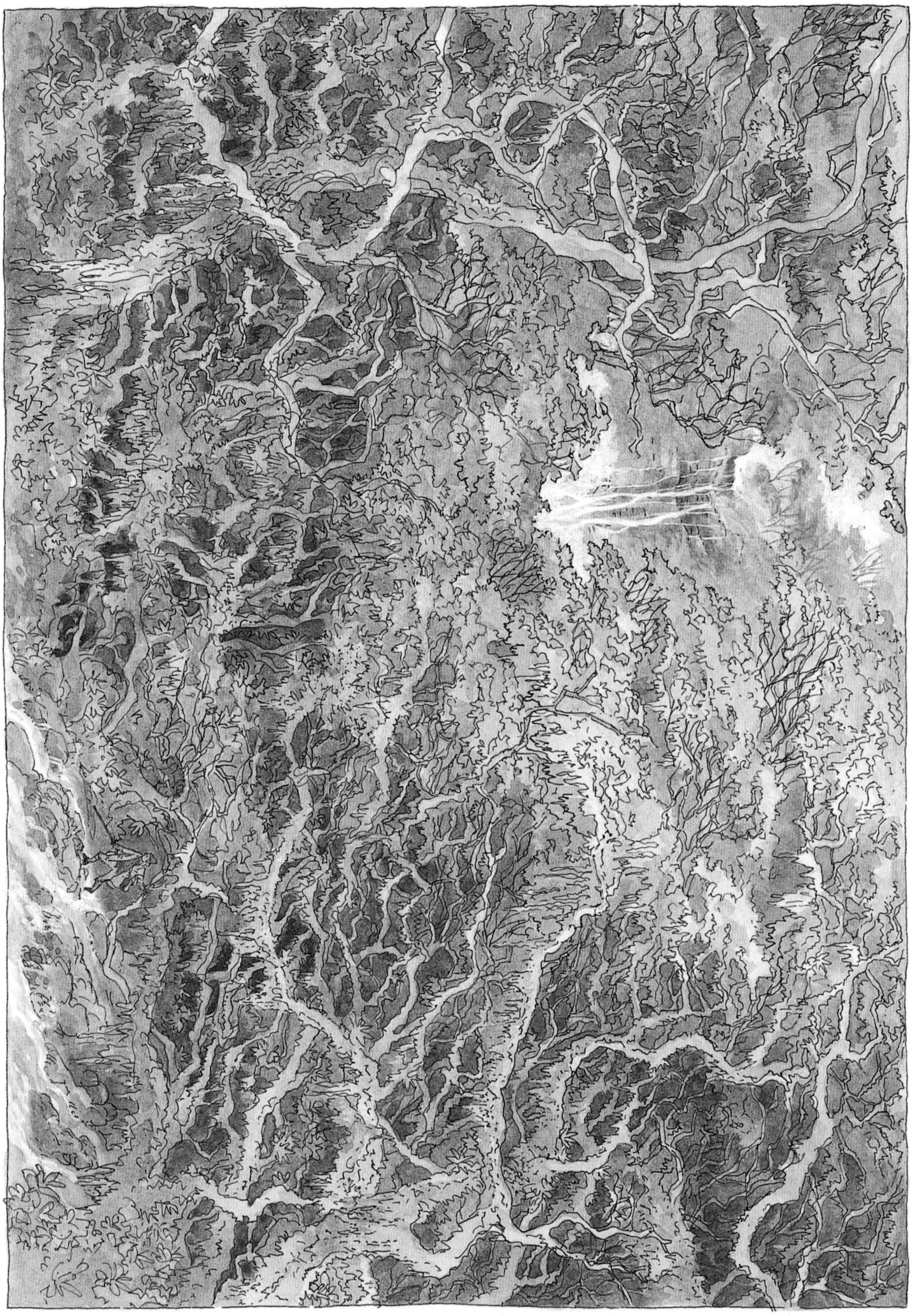

那天晚上回到莊園後，他坐在燃著炭火的壁爐前，想起這次有趣的際遇，輕笑了幾聲。小黑的眼裡閃著擔憂，老女僕嘆了口氣：「我們的小主子腦袋出問題了。」

經過這次奇遇之後，約翰決定要在「那邊的世界」住上幾天。他細心準備探險所需的物品，帶上充足的火藥、蠟燭、麵包和漬菜，在背囊裡塞了一條被毯、一塊可搭成帳篷的帆布、一只小鍋、一本紙冊和一個旅行用的墨水瓶。隔天，他召集屋子裡的僕人，宣布離家出門之事，希望最遲一個月後能返回。他擁抱所有家僕，發給每個人兩個月工資，然後再次踏上已非常熟悉的地道之路。

約翰穿過森林直抵岸邊，沿著海岸走了十幾哩路，來到一座岬角。他將之命名為威廉角，用的是祖父的名字。在他下方約二十法尋*處，海水泛著白色泡沫，撞擊岩石。在他對面可見另一座岬角，距離約僅一把獵槍的射程。兩座海岬之間形成一條航道，海水從這裡湧入一片開闊的灣口，已被岩石拍碎的浪花沖到鵝卵石岸上，結束了生命。約翰到海灘上，又走了兩、三哩路，想找塊合適的地方搭帳棚。最後他在一處水源附近安頓下來，在「那邊的世界」度過第一晚。

第二天，他到海灣及附近區域探視環境，並沿著海岸盡量走遠，直到他辨識出來，原來自己位於一座近似「G」字形的島上。島嶼伸出雙臂擁抱海灣，灘岸之上，地勢驟然拔高。小島上森林密布，除了溪流途經的過陡峭壁，在水流強勁的沖洗下，岩壁上寸草難生。約翰對這個地方並不熟悉，卻也不全然陌生，因為這兒讓他想起祖父講述過的一則奇事。那時，祖父運送一批貨物，航行在前往印度的海路上。一陣暴風雨將他們的船艦吹離航道，帶到南半球海域。他下令張開最少船帆，頂風逆航。波濤洶湧，冰雪狂風，他們日日夜夜流亡。貨艦驚險避開了暗礁，駛入一條航道，各種狂亂在此突然歇息。風暴正當猛烈，船隊竟能找到這麼一個避風港，真可謂奇蹟，而且所有船員都平安無事。這座遼闊的港灣，內凹嵌入一座灰冷的島，他們在此拋下船錨，停留了一個月左右，其中四分之三的時間，這塊地方都迷霧繚繞。但他們很高興能在此覓得淡水，捕獲獵物或撈捉魚蝦。離開時，船長很籠統地在地圖上標記了島嶼及其周邊小島的大致方位，通稱它們為海難群島，因為，在環衛海岸的岩石上，處處可見已腐朽的船隻殘

*譯註：舊時法國丈量長度之單位，相當於兩公尺。

骸。在那之後，在祖父多年的航海生涯中，都未曾再聽人提過這座島嶼，至少沒再聽說過那一帶海域之事。然而總有其他水手從世界另一個角落遇難生還，描述類似的情景，結果祖父的記憶也連帶模糊起來，說不出島嶼的正確位置了。

有四、五次，約翰捕獵到一種企鵝，煮出來的湯汁和肉都黑得像墨水一般，必須熬煮好幾次之後才能食用。後來，他運氣不錯，找到一片海灘，有許多海龜在此棲息。那些海龜滋味好多了，成為約翰的日常伙食。他的探險沒有新的進展：到處延伸著一樣潮濕的森林，一樣的岩石，海浪一樣撲來拍打然後碎滅。只有光線改變。霧氣不斷從令人睜不開眼的淡薄明亮轉向無盡的漆黑幽暗。群山沒入的這條厚厚的雲霧帶，是約翰唯一尚未探勘的地方。他沿著一道激流向上，爬越崩塌的石堆，好幾次滑落到濕答答的岩塊上，差點摔斷脖子。爬得愈高，狂風發出的悲鳴糾纏著他，呼嘯著竄入林間。他好不容易超越地道所在之高度，眼前突然出現一面巨大石牆。之前他一直沒能發現，是因為這面牆豎立於雲霧之上。摸索了一陣之後，他找到了個缺口，於是攀上石頭，繼續在岩塊與灌木叢間爬行，終於在第二座石牆腳下，不支倒地。這面牆與前一座平行砌成，直接迎抗風與呼嘯。約翰靠牆蜷坐，在那兒停留了許久。他精疲力盡，埋首於掌中，既不敢向前，又不敢撤退，因焦急與勞累而心力交瘁。

好不容易，風暴終於顯露一絲疲態，狂風不再咆哮叫囂，那繞行長草之中，悠長而淒涼的哀嘆呢喃得以終止。約翰重新提起勇氣，趁著這陣平靜，站起身來，繞過阻礙，沿著一排斷斷續續的石堤，一路來到一座雕像面前。那雕像和約翰家鄉的巨石群頗為相似，約有平常人五倍高。雕像的面部蔓爬著手臂般粗的藤類植物，深深嵌在岩縫中，宛如一張編織扭曲的木網，將它的身軀捆綁束縛。距它幾步之處，躺著另一座雕像，已裂成三段。朝遠處望去，可辨識出另有許多雕像散布，只是被枝葉與蕨類遮蔽。約翰往上做最後一次攀登，沿途歷經這些沉默而謎樣的相遇，終於登上島嶼最高峰。

在這裡，山巒平坦，彷彿被刨平了似的。幾百座雕像面海豎立。其中有些或受歲月侵蝕，或被青苔吞噬，已看不出原始形貌，只隱約留下人形，可憐卑微地面向泥地斜

傾。另有些已躺倒在地，斷裂、破碎成好幾塊。有幾座奇蹟般地保存完好，驕傲地屹立著，宛如神廟的石柱，撐著雲霧形成的天頂。

每一座雕像各不相同卻又十分類似，約翰思考了一下，懷疑在他面前的會不會是從地底冒出的岩石，經年累月之後逐漸形成人形；抑或是一群巨人，來到這片荒蕪的所在，逃離世界的目光，度過末日餘生。他感到一陣陶陶然，情不自禁地走去巡視每一座雕像。在島嶼多變的光線下，石頭面孔栩栩如生，約翰自行揣摩它們的思想與情感。遇見它們，約翰的焦慮消失了，就像皮膚經浮石細細搓磨而柔嫩新生。他回憶雙親、祖父，不再悲苦憂傷。從他來到這座島上，第一次，在整日漫霧之後，竟是個無雲的夜晚。他在一尊石像腳邊平躺下來，這座雄偉高大的巨人並未造成任何壓迫感，反而撫慰了他的心靈。入睡之前，他興致勃勃地數起天上的星星。

次日一整天，約翰在石頭巨人群中閒逛。其中有一尊躺在亂草之中，身首異處，斷了一隻腿和一條胳臂。它的胸膛遭風雨侵蝕凹陷，可以看到，在它心臟部位有一顆黃澄澄的琥珀卵石，約為一顆頭顱大小，彷彿經海洋沖刷過那般圓潤光滑。這顆卵石中央，有種像星星的東西在閃耀，先散發一圈圈熾熱的光如漩渦纏繞，而後崩散成無數火星，凝結在暗金之中。那是一塊世界成形前的世界，一顆星球無聲爆炸，緩緩照亮自身這一方深淵，直到它染上溫暖的蜜色，變得透明。約翰驚愕不已，深深被這特殊物品的美所震撼。他將手掌放上。卵石的表面溫熱，微微顫動，有如一段凍結的樂聲。

約翰一躍起身，一股無法克制的欲望驅使他將這塊琥珀占為己有，他動手尋找一塊火石，然後開始敲打灰色石頭的粗糙外層。

一陣轟隆悶響撼動大山。

約翰跪在雕像破碎的軀幹上，兩手捧著火石用力敲擊，將光芒從那巨大的身軀釋放出來，而石像的傷口也愈裂愈大。

在他頭頂上，滾起一朵朵巨大的烏雲。黑暗如幃幕罩下，侵占大地。

他很有技巧，規律地敲打，琥珀卵石自雕像胸口部位的石層漸漸露出全貌。

火石敲在滑溜的雕像表面，偶有偏差，約翰便因而受傷，他的雙手滿是鮮血，呼吸急促，卻反而加倍用力。

閃電在附近其他雕像上投映出爍亮白熾的光芒，陰森之中，一條條電光有如鬼魅，一閃即逝。

約翰的手指變得麻木不聽使喚，水滴自臉頰淌下，流進背脊；縱然情緒狂熱激昂，身體仍覺得冷。

卵石窩藏在石像胸口，發出的亮光在暴風雨中更顯華麗。突然一聲巨響，淒厲地撕裂空氣，劃破黑夜。距他約二十步之處，一尊巨人像被雷劈中崩塌，在滂沱大雨中倒下。難道是它發出的怒吼？

約翰將挖掘財富的工具丟得遠遠的，整個人被淚水淹沒，只感到說不出的害怕與厭惡。逃走吧！離開這片暴雨不息的鬼域。

他滾下山坡，像顆失去控制的皮球，彈跳岩石之上，滑過濕淋淋的斜坡，在泥漿滿溢的沼地中涉水而行。島嶼將他玩弄於股掌，就像貓捉老鼠，抓了又放，放了再抓。他雙手向前摸索狂奔，林木伸出樹枝撩刮他，荊棘勾住他的衣袖，還有那些稜角尖利的岩石，想必只等他跌倒，就可以咬噬他磨輾他。

費盡千辛萬苦，他終於找到地道，彷彿永遠見不到出口似地前行。雷劈轟隆，大地顫抖，他頸脊發涼，恐懼不已。等他好不容易站得住腳，重新立起，一個暗影突然從漆黑中跳到他身上，差一點就把他撲倒。他認出小黑尖細的吠聲，哭著把小狗摟在懷裡，狗兒歡喜得發顫，對他展開一連串溫柔攻勢。他終於再度走上回莊園的路，小黑陪在一旁蹦蹦跳跳，催促他加快腳步。天空中，一顆流星劃過荒野……

約翰整整睡了一天一夜。一道陽光射進屋內。他一時之間弄不清自己在哪裡，直到看清周遭熟悉的擺設才讓他清醒。他伸了個懶腰，疏通疏通關節。他身上布滿了瘀斑與傷痕，但他一點也不在意了，因為，經過島上的歷練，他已變得堅強。現在，他覺得好餓。

下午他出門散步，不知不覺來到祖父墳上。那兒距莊園約半哩路，就在荒郊野外中。蓋墓的石板已毀損，彷彿曾遭槍彈擊中，留下的彈孔周圍噴起許多碎石。約翰拾起其中一顆焦黑的石頭，差不多有一只小柳橙那麼大，在他手掌中，像對半切好的水果那樣張開來。兩半石頭內部都布滿了水晶，灰濛中散發著輕柔的美麗光芒。約翰坐下來，以便好好端詳這個玩意兒。他將這兩半石頭翻來轉去，抓住每次驚鴻一瞥的機會，追尋被水晶困住的微弱光芒。

這是一顆雷電石，約翰心想，跟著流星雨從天下掉下來的。他露出一抹微笑，臉龐亮了起來。他闔上石頭，將它放入口袋，輕快地一躍起身。

在他的胸膛裡，一顆全新的心臟鼓動著，堅強，熾熱，可比太陽。

約翰．麥克瑟奇爾克的筆記。
用水彩圖描繪解說他在巨人島的經歷。

企鵝

海龜

石巨人

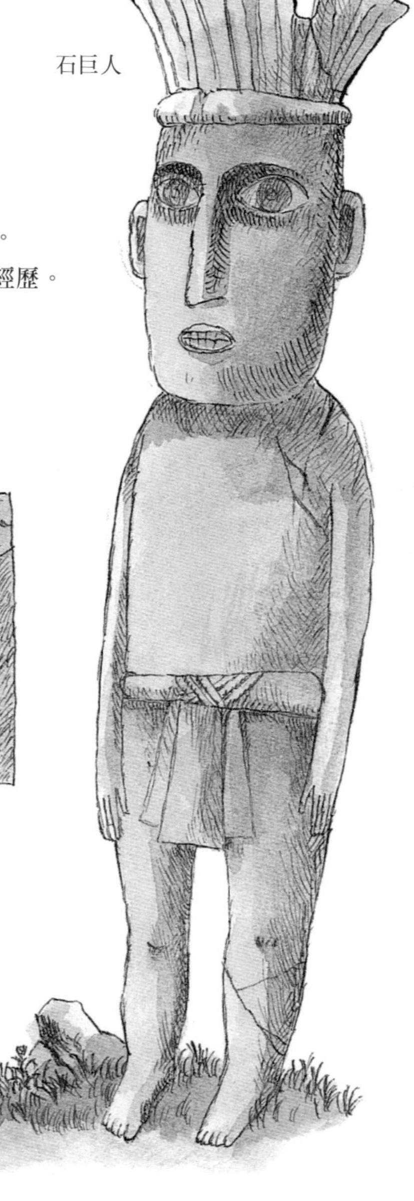

石門、地道、石牆

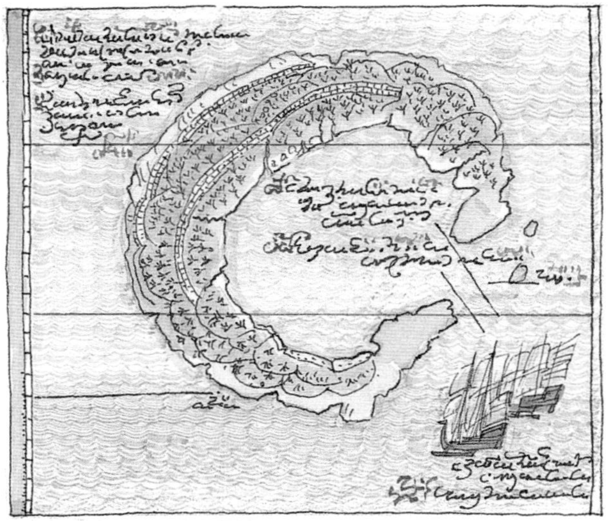

巨人島地圖（收藏於崗妲國的海軍總部）

巨人之心
用巨人之心磨成的粉末可用來製造長者麵餅，是一項非常受好評的珍貴材料。然而要重新找到巨人島實在太困難，而且四周海域險象叢生，香料艦隊的船隻鮮少能在島邊停泊。

崗妲國的水手正在搬運一顆巨人之心。

巨人島調查報告，亞力山卓．麥克瑟奇爾克製。

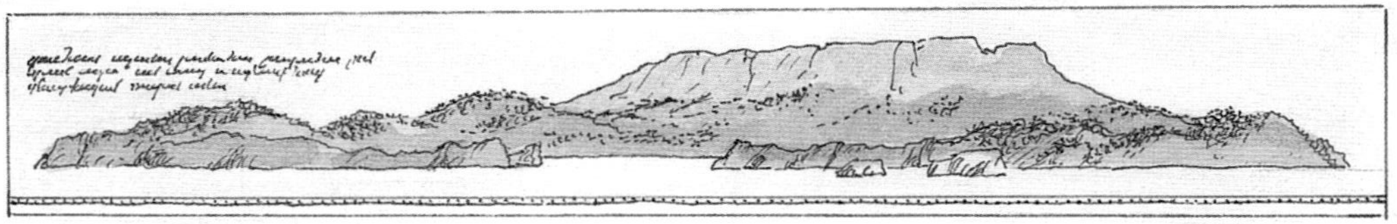

亞力山卓是約翰的曾孫，帶領唯一一支科學探險隊抵達巨人島，
並定義出島嶼準確的地理位置。

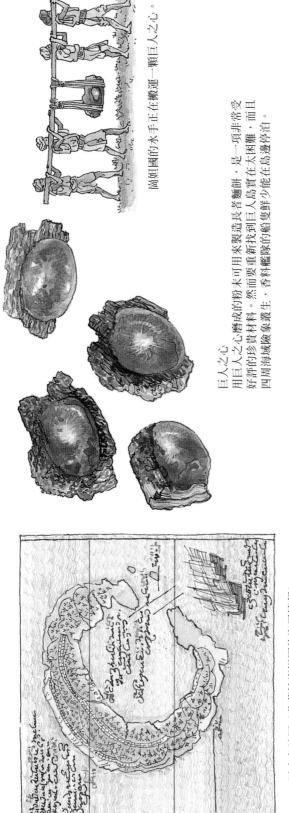

# 胡嘎里國

Le pays des Houngalïls

在胡古山區，有時會颳起呼嚕祖風，風勢酷烈，灼燒人類的皮膚，牲畜得病，奄奄一息。
山脊之上，隘路出口，架立著一具具大豎琴，宣告狂風來襲。儘管如此，
胡嘎里國有句諺語：寧可給呼嚕祖風吹刮十天，也千萬別惹統治該地的山大王生氣。

在翠玉國和曼陀羅山之間，遼闊的胡古山脈綿延，形成一道天然屏障。除非走上四到五個月，繞過這道山脈，否則，必得取道蔭門隘口才能穿越。在這個地方，玄武岩峭壁一口氣陡升，直達天際；隘道位於峽谷之中，山壁如牆，高聳入雲，深谷則永遠不見天日，沉浸於遲暮時分之幽暗。膽敢冒險來此，可說已展現了不起的勇氣，但統領這片山區的胡嘎里寨主們聲名狼藉，旅人隨時可能被攔路打劫，勒索榨財，誰也不敢掉以輕心。不過，這似乎也不是什麼幫規鐵律，因為，胡嘎里雖然逞勇好鬥，心意卻也時常更變，難以捉摸。一旦越過一路攀升的隘道與山脊，開闊的山谷豁然躍於眼前。流經松樹林與栗樹林深處的溪河長年侵蝕，因而造就出這片谷地。大批羊隻成群行過半山坡。上方雲霧繚繞之處，則屬於熊與狼族的地盤。

每年初春時節，阿爾畢紐斯大夫都會到這裡來採集草藥根材。每一戶人家，不論貴賤，都熱情款待他，因為他擁有高超的醫術，能治癒疾病、減輕傷痛。那帖治療「皮開肉綻」的著名藥方正出自他的手筆。當人們在呼嚕祖風中暴露太久，就會受這種痛苦折磨。那挾帶著紅色沙塵的辛猛南風，如鐮刀一般銳利割人。

那是一個晴朗的夏日，阿爾畢紐斯正在採藥，一派悠哉，卻突然出現三名騎士，策馬朝他急急奔來，命令他放下工作，乖乖跟他們走。阿爾畢紐斯按捺住心中怒火（他太清楚，當對方用這種方式邀請時，就由不得人拒絕），他躍上馬背，跟著他們的步子走。騎乘許久之後，他們來到一座山寨腳下，城樓建在垂直陡峭的山岩之巔，一座石頭尖塔居高臨下，夕陽餘暉照映，輝煌火紅。阿爾畢紐斯從城門樑柱上的徽章認出：這是索多海的山寨。沉重的城門開啟，馬匹蹬踢著前蹄進入，踏過迷宮似的長廊內院，穿過一座又一座護門和狼牙閘。花崗岩石板上曾行過千萬鐵騎，已見磨損與凹痕；他們這一小隊人馬行經時，踢踏響聲於四壁間迴盪。終於，最後一扇門捲起了鉸鏈，露出一方闊院，周圍環著連串拱廊。幾柱火把燃著煙濛濛的炬光，供作照明。

寨主索多海上前迎接阿爾畢紐斯，表達歡迎之意。名醫獻上官式擁抱作為回禮。晚宴已經擺設妥當。阿爾畢紐斯被帶到上賓座位，與寨主相鄰。整座山寨裡的人，無論主子還是家僕，共享同一道菜餚：鄉野風味的燉羊肉，配上火烤燒餅，裝盛這些食物的大鍋就放在廳堂正中央。他們以手取食，吃喝時故意發出嘈雜聲響，以此為樂。酒足飯飽之後，寨主轉頭對他的上賓說：

「我們一起分享了麵餅和肉，從現在起，阿爾畢紐斯，我的家就是你的家。」

「多謝款待，索多海大人，願貴寨興旺昌隆。」名醫微微欠身回答。

寨主臉上閃過一抹微笑。他執起貴賓的手，領他到一座懸在絕壁之上的木廊，抬頭望著滿是星子的夜空，再度開口：

「阿爾畢紐斯大夫，在我們的山裡，你高名遠播，有如老鷹翱翔巔峰。這就是我請你前來敝寨的原因：我想請你替一個人治病，這個人在我心中占有極大分量。不過，在此之前，我希望你今晚先好好休息。」

「索多海大人，請你相信，我一定會盡己之能，全力以赴。不過也希望你能了解，差遣士兵把我架到這裡是多此一舉。因為不管在什麼地方，只要是病人，我都樂意醫治。」

「這次非比尋常。好好睡吧！我的手下供你差遣，儘管使喚。」

隔天，索多海差人請來阿爾畢紐斯，帶他到堡壘一處隱密的所在。

「這間房裡住著一位外國公主。她的名字叫塔花娜，是我搶來的，所以我大可以強迫她嫁給我。不過，我一心渴望聽她親口答應這門婚事。我猜想，是不是有什麼靈藥或迷魂法可以……」

「可惜醫生並沒有強迫一個人去愛另一個人的能力。」阿爾畢紐斯冷冷打斷他。

「所以我才請你來啊！毋庸置疑，你比普通醫生可高明太多了。相信我，我給你的賞賜絕對超出你所想像得到的範圍。別忘記你昨晚的承諾。在我們這兒，諾言重如誓言，關係著個人一輩子的名譽。」

索多海說完便離去，留下名醫獨自面對那扇橡木門。這時有人取下了門栓。

一名年輕女僕示意他進房。塔花娜公主倚在窗臺上；她非常美麗，烏溜溜的秀髮如雲，襯出姣好的鵝蛋臉。她的衣飾風格繁複，與這山區的穿著大異其趣。極為罕見的布料上，層層疊摺、收攏，運用了上百種針法與結法縫製而成。她身上佩戴了各式項鍊手鐲，珍珠、黃金、琥珀，舉手投足皆伴隨陣陣叮噹輕響。而在她額前，一枚銀製弦月閃閃發光。

阿爾畢紐斯以胡嘎里語向她問安。她的回應聽起來很生澀，口音與山裡吵架似的土話相去甚遠。阿爾畢紐斯研判，那似乎是穴居國的音調。於是他試著用穴居國語與她交談，公主的神色頓時亮了起來。

「您會說我家鄉的話？是不是父王派您來的？我已經被軟禁在這裡好久了！您終於把贖金帶來了嗎？」

「很遺憾，寨主未曾要求任何贖金來交換您的自由。索多海大人把您軟禁在此，是因為愛。他想娶您進門。」

「永遠不會有那麼一天的！我恨他，也恨他的人民。他們全都是粗人、土匪、殺人犯，而索多海正是其中最作惡多端的人！他們無法無天，只在乎誰騎馬最快，誰的胳臂最粗壯，誰的短刀最鋒利。」

「的確，這就是他們的作風。我之所以會出現在您面前，也是拜了他們的擄人習性之所賜，而他們還大言不慚，把這種行為說成『待客之道』。」

「您會幫我逃出這裡嗎？」

「公主，我一定會盡己之能，全力以赴。」

他向公主告辭。剛才，他又做了一次承諾。很顯然地，對山大王的承諾和對公主的承諾並不怎麼一致。他參觀了山寨，一路迎來的都是和氣討喜的面孔。索多海很受子民愛戴。即使在他的領地之外，不怕他的人都很敬重他，還給他冠上了「山岳雄獅」的封號。

在同一天之中，阿爾畢紐斯贏得了寨主和公主的信任。他對兩人產生了同等的好感，該如何在不小心許下的兩個承諾之間做出抉擇，他完全摸不著頭緒。公主向他描述恐怖的綁架過程：隨行的保鏢屍體散亂在她身邊，白雪上染著鮮血；呵出的薄霧透露她的氣喘吁吁，她頸子上脈搏跳得好快；胡嘎里士兵冷酷無情的面孔，以及，在那遙遠的冬日，慘白冰冷的寂靜世界裡，成為活生生的獵物，是何等驚懼駭人。她被粗魯地拋上馬鞍，載到這個骯髒簡陋的地方，從此之後她每天絕望地啜泣。

「索多海大人讓我看過，他的馬廄裡有一匹俊美寶馬，是送給您的禮物。每天，他都命人為您裝上馬鞍。」

「沒錯，但我已經拒絕再騎馬出去散心。在那一群人監視下，只讓我更覺得自己像個囚犯。」

「當他說想給您幸福時，我感受得到，他是真心的。他命人為您蓋了這座宮殿中最漂亮的房間，而且沒有一天不到處去探聽，想知道什麼事能討您歡心。」

「我想也是。但這一切，可能比較符合我家鄉隨便一名下女的品味吧！」

「或許您可以把這話告訴他，如果您願意跟他同桌用餐的話。」

「跟他同桌用餐？那不等於跟一群貪狼共享獵物嗎？您有沒有看過他們眼裡閃著凶光，髒嘴又油又亮，粗暴地撕扯大塊大塊的肉，還津津有味地吸吮骨頭？他們只愛腥羶的野味、自己放牧的肥羊及奇臭無比的羊乳酪。那些玩意兒全都散發腐爛臭味，令人作嘔。」

「我遊歷過許多國家，還未遇過哪種凝結發酵的酸奶

是香的。就我而言，我倒覺得這山裡吃得簡單，反而保存了食物的新鮮原味，對座上嘉賓展現出相當的誠意。」

「您知道嗎？他們把鼬鼠腦攪拌在酸奶酪裡，用來驅除老鼠和野鼠！這還不算無可救藥的野蠻行為？」

「在我的行醫生涯中，我看過許多處方，成分也都千奇百怪。若嘗過烏龜的膽汁，木乃伊磨成的粉，那麼，凝結的酸羊奶，儘管摻了幾克鼬鼠腦，相信我，吃下去也並無大礙。甚至，依胡嘎里人的處世習慣來看，這道材料或許和他們的滑頭狡詐息息相關。」

「若只是狡詐就好了！他們隨時隨地呸吐咒罵，傲慢取代了自信，只是裝成王子的乞丐罷了！為一點芝麻小事，他們就張牙舞爪，像鬥雞一樣，互相砍殺，直到受傷流血，用暴力決定鬥勝那方有理。輸家當然就想對贏家報復，然後就看他們彼此廝殺，延續好幾代，到後來，當初爭吵的原因早已忘得一乾二淨。在復仇遊戲中，年輕的一輩好強逞勇，老的一輩只想證明自己還年輕。他們以掠奪為樂，視殺人為最高榮耀。這就是他們教導子孫的方式，就是他們歌頌的內容。」

「山區的生活環境嚴苛，所以造就他們這種性格。但他們重信用，將諾言視為神聖，並將友情放在第一位。」

「我想您就是被這一點蒙蔽了。您可曾想過，他們對族裡的婦女以何種輕忽的方式對待？她們還在小馬的年紀時就被搶來，然後落得母馬的命運，被關閉禁足。我聽說，在這裡，一位公主在被求婚時，若不是在月黑風高的深夜，若沒有伴隨一陣縱馬狂奔，就覺得面上無光。而她還應該用被殺死的保鏢人數來衡量自己被愛的程度。」

「她們寧願被人擄走，也不想被訂下婚約。」

「所以她們才打扮得如此漫不經心。披頭散髮，穿著她們的戰士從山裡四處偷來的俗豔衣裳。每個人身上至少數得出十個國家的服飾。」

「您也知道，她們身為寨幫匪徒的妻女啊！對她們而言，為了她們而盜來的一塊破布，也比綴飾在您粉頸上、正派誠實散發著光彩的串串珍珠，來得有價值。至於婚事，我不得不說，在您的國家，每樁婚姻都已事先規劃安排。」

「這種做法非常好，若非如此，神聖的傳家法則一旦受到擾亂，必然出現遺憾。」

「這麼一來，感情所占的分量就太少了。此地的寨主，至少，他擁有一顆心。」

「那顆心只為征戰屠殺跳動。」

「明天，我會讓您知道，事實正好相反。為了您，他請來一些雜耍藝人和一位捕鳥人。請您出席餐宴，並照著我的話去做……」

隔天早上，索多海邀請他的貴賓一起去放隼鷹打獵。騎士喧喊震天，響徹山林。他們準備了獵隼、雌隼，還有大隼，約十來隻。當隼鷹對準獵物凌空衝下，阿爾畢紐斯也和同行的騎士們一起歡呼叫好，而他的隼鷹飛回來時，他也都笑著伸出戴上皮套的拳頭迎接。晚上，寨城裡熱鬧慶祝了一頓。當晚天氣晴朗，所以大家就在大院裡露天享用野味。美酒在賓客間流傳輪飲，江湖賣藝人引發一陣陣爆笑。耍狗熊的人走近時，大家聽到廄房裡傳出馬兒嘶鳴，幾個小孩連忙躲進媽媽懷裡。索多海偷偷觀察塔花娜公主的神情舉止，有些擔心。對這歡樂的氣氛，她只淺淺品嘗。捕鳥人現身那一刻，人聲鼎沸到了極點。一個老人提著一只精巧的小鳥籠，上面覆蓋著一塊繡花布。他坐在壇圃中間，向四方觀眾行了個禮，開始朗誦詩歌。他的聲音聽來非常奇怪，有些人甚至回頭去看自己身後是否另有他人。接著，他揭去罩布，籠中的小鳥唱起歌來。在場所有人都被深深吸引，入神傾聽兩種聲音來往應和，形成奇妙的對比；兩個聲音愈唱愈高，卻不互相干擾。寨主大人自己也聽得熱淚盈眶。一曲唱畢，他原想發賜銀兩，犒賞捕鳥人，但公主做了個手勢，他於是明瞭，她想得到小鳥。索多海發下命令，捕鳥人心如刀割，將鳥籠與他心愛的寶貝交入公主手中。說時遲那時快，塔花娜立即釋放了歌聲婉轉的鳥兒，引起在座一片抗議不滿。

「我也懂得打開籠門，」索多海對公主說：「明天，您就可以離開。有一隊人馬會護送您到您屬意的地方。至於你，阿爾畢紐斯，你的承諾我就替你收回了。」

說完他便離席，留下阿爾畢紐斯替公主傳譯這段話。

一大清早，公主發現她的行李已經準備妥當。為這一趟旅行，寨主賜給她一頂厚實的毛氈帳篷，色彩鮮豔的珍貴毛毯，幾罐香脂和香水，以及兩大袋金幣。在阿爾畢紐斯和隨行護衛的陪同下，她出了城門。彎過一條小徑之後，他們看見，索多海大人騎坐馬背上等候。他深深注視公主許久，她臉紅起來，心上突然奇怪地被刺了一下，慌亂不安。索多海掉頭轉身，兩腿一個夾蹬，轉眼便在山脊

之後消失了蹤影。

兩天後，名醫與公主抵達蔭門隘口。簡短道別之後，胡嘎里的護衛隊便離去，轉回索多海的山寨。他們在蜿蜒的雪松小徑上漸行漸遠，阿爾畢紐斯一路目送，然後轉身對塔花娜說：

「那現在，您打算做什麼？」

「我不知道。我本來許配給了翠玉國的皇帝，可是，如您所知，當初蔭門隘口的埋伏將我的未來全毀了。」

「我可以陪您到翠玉國。我曾聽說那裡的醫法非常高明，也想去增長一些與草藥相關的知識。」

「我不會去翠玉國的。我的家族把我當成普通商品，賤賣給那裡的皇帝，之後，就根本沒人再來關心我。至於我自己的國家，那裡也回不去了。我的家族因為我而蒙受那麼多恥辱……親愛的阿爾畢紐斯，請讓我跟隨您，當您的助手。我非常渴望學習。」

「就隨您的意吧！但請別期望能過悠哉的日子。」

幾個年頭就這麼過去了。阿爾畢紐斯很快樂，塔花娜則常別有所思。索多海寨主臨別前那一眸注視始終不由自主地留在她的腦海中。他們四處行醫、治療、救人。

另一方面，索多海則痛苦萬分。他常把自己關在房裡好幾個星期，一言不發；要不然就莫名其妙大發雷霆。其他時日他則單獨策馬外出，長時間暴露在呼嚕祖風之下，皮膚因而持續乾裂發紅，連坐騎愛馬也從頭到腳都變成紫紅色。平時窩在巢穴中，總挑暴風雨天出門。陰沉沉的天空下，一身通紅的山大王帶頭率領騎士縱馬快奔，速度之快，使他們的長矛刺尖引發聖艾摩爾之火*；山岳之獅的怒火燃燒，寨幫旌旗劈啪作響。然而，刀劍之快絲毫未能平息他的激情與痛苦。他的悲痛愈來愈深，到後來，甚至無法忍受光亮，只受得住月亮乳白色的柔和光芒。帶著他飼養的雕鶚與其他貓頭鷹，他學會在夜間狩獵。

然而，他如何也無法忘記公主。

阿爾畢紐斯和塔花娜懸壺濟世，行腳四方。某日，無意間，他們回到了胡嘎里山區。事隔這麼多年以後，阿爾畢紐斯非常渴望再見老友索多海一面。在他提議之下，公主穿上連帽斗篷，遮住臉孔和頭髮，喬裝成他的僕人。抵達山寨之後，他們因應請求，一直耐心等到夜色低垂。索多海終於現身，投入老友懷抱。

「阿爾畢紐斯！再見到你實在太高興了！是神派你回

*編註：自古以來，「St. Elmo's Fire」是航行水手常在雷雨中觀察到的一種自然現象——在如桅桿頂端的尖物上，產生火焰般的藍白色閃光。

到我這裡來的吧！你看看，我受『皮開肉綻』折磨得多麼嚴重！只有你能讓我痊癒。」

「這件事，至少我能幫得上忙。從現在算起，一星期之後，你就會忘掉皮膚乾裂之苦。」

「今晚月色正美，你是否願意陪我一同打獵？」

「樂意之至。但願你允許我的僕人一起跟來。」

他們挑選精神飽滿的馬匹，命人裝上馬鞍。從他的鳥樓中，寨主還精心挑了三頭雄偉的貓頭鷹。阿爾畢紐斯從未體驗過這種狩獵方式。萬籟俱寂。馬匹腳步沉柔，身影在夜藍色的草原上輕舞。凶猛的禽鳥滑翔天際，彷彿慢慢磨蹭著星子，忽然，宛如沉入一場夢似地，猛禽倏地撲潛至夜行性小動物身上。就在此時，塔花娜揭去斗篷，如雲秀髮披散肩上。在她額前，銀色弦月閃閃發光。與索多海擄走她時的那個冬日早晨相比，此刻，在乳白色月光照映之下，她顯得更加美麗動人。她騎向寨主的坐騎，一把抓住轡頭。索多海看著她行動，驚愕得呆了。但她安然一笑，對他說：

「這次換我來擄你。」

語畢，她兩腿一夾，驅令自己的坐騎前進，手上牽著紫色寶馬及馬背上一身通紅的騎士。

阿爾畢紐斯遠遠地跟著他們，心中的情感滿溢。他方才實現了自己所許下的兩個諾言。一時之間，他有了個體悟：當醫生治療身體上的傷口，要比撫慰心靈上的創痛容易多了。

索多海山寨之入口

胡嘎里國王及王妃

呼嚕祖風面罩。
旅人戴上這種皮製面罩，
以防「皮開肉綻」之病症。

呼嚕祖風豎琴。
當狂猛的風勢襲來，它們就齊聲振動。

強擄公主

獵山貓

戴著盔罩的隼鷹

披戴鎧甲的駿馬，背上載著一隻山貓。

放獵鷹

索多海托著鳥樓
裡一隻貓頭鷹。

胡嘎里國人是打獵高手，
他們擁有各式各樣的隼鷹，
並飼養山貓去獵捕山羚羊。

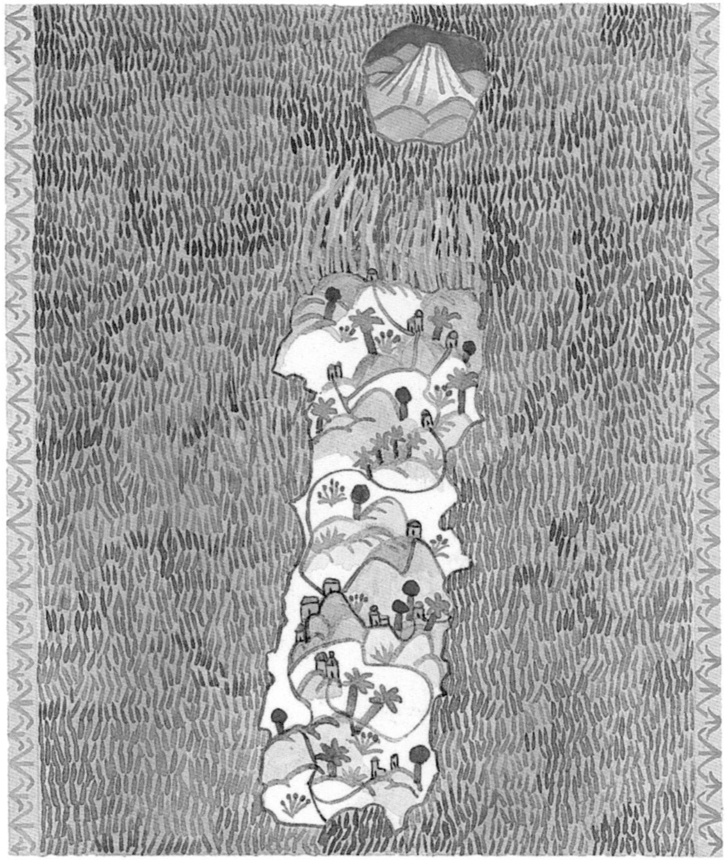

# 靛藍雙島

Les îles Indigo

出現於遠方的那種藍色，最初很可能爲靛藍雙島的居民所發現。
雨季結束後，千百條花徑蔓延，從大島伸向聖島。
聖島難以抵達，自古至今，未曾有人踏觸過那塊土地。

那天，科內流士沿著力克翰堤道前進。他是低地區的商人，剛去拜訪了一名掮客，一路上想著掮客替他進的那批貨。三百多碼精細的布料，質感比絲還輕柔，卻不易破損。那些布料分裝成六個小包裹，外面再加一層麻布保護。每個包裹都以黃蠟封印，再蓋上一個無法解密的章。掮客支出一百枚金幣，清單上登記著：「雲綢」，並未添加任何註解。科內流士暗自思忖，不知該拿這批貨做什麼好。他看得出這批布料是上等好貨，但過於稀奇，令人不安。他是個很迷信的人，擔心這次交易背後藏了妖法。然而禍不單行，他從頭到腳被雨淋了個濕透。他的馬身上沾滿黃泥，每走一步就踏出一個小水窪。隨著夜晚來臨，科內流士的心情也愈來愈低落。顯然，天黑之前他進不了城。有人跟他提過，老磨坊外一里處，有座客棧。老磨坊立於一座面海的小丘，風車伸張著疲憊的翅膀。到了望之

可及之處，科內流士偏離堤道，走上一條鄉間小路，兩旁長著柳樹與接骨木，直直穿越濕答答的草地。天色非常昏暗，他差一點就錯過村莊。看到他走近，村裡的狗兒紛紛吠了起來，一個衣衫襤褸的漢子正趕著三頭牛進牛棚，指引他客棧的位置，也就是路上最後一棟房子。簡陋不起眼的一間小茅屋，到處都是破洞，木頭招牌上漆著「靛藍島上」。他把馬託付給馬廝，然後推開大門。

店主一跛一跛地迎上前來。他穿著寬鬆的長袍，腰間繫上一條絲布腰帶，手持燭臺，燭光映出一張肉肥的磚紅色胖臉，綴著稀疏的白鬚，毛皮高帽罩住方寬的額頭，下面是一雙靈活溜轉的眼睛。科內流士把氈帽和外套攤在壁爐前晾烤，然後坐下點菜。店主端來一盆溫奶燕麥糊，一大片麵包，還有一品脫啤酒。科內流士是唯一的客人。他認真地咀嚼麵包，掛念憂煩那批貨的問題。他平時就不多話，推開眼前的空盤，三言兩語就談妥住宿和用餐的價格。踏上通往客房的樓梯第一階時，牆上一抹藍色吸引住他的目光。那是一張畫，店主走在他前頭，燭臺亮光將畫照得鮮明。看得出來，那幅畫年代非常久遠。畫上有一座藍色的錐形大山，又高又闊，聳立在一片長草平原上。前景是一輛構造奇怪的拖車，輪胎特別大，由十二隻水牛拖行前進。車子的平臺上，一家人正在用餐。這一切呈現出無與倫比的祥和。畫的尺寸雖小，卻似乎向無限寬廣的天際展開。科內流士無法移開視線，幾乎能感受到來自畫中山頂的微風吹拂。他腦中搜尋著，想從商人的語彙中找出一句能貼切表達他感受的說法。

「這就像……」他含含糊糊地說：「就像……」

「就像牆上開了一扇窗，您不覺得嗎？」店主替他接話，覺得他那發窘的樣子挺好玩。「來，讓我告訴您更多事情。」

店主擅自抓起科內流士的手臂，牽他上樓。

「歡迎來到我的國度。」老店家推開一扇門，高聲宣布。

他用手上的蠟燭點亮桌上一盞枝狀燭臺，整個房間從黑暗中躍出。屋中四壁盡是書籍、地圖和筆記冊。陳列架幾乎被各種礦石、貝殼、陶瓷和盛放聖水的缸盆壓垮。一張寫著密密麻麻計算公式的羊皮紙上，擺了一座珍貴的星盤，兩旁各放了一具走禽的骨骼和一根獨角鯨的巨牙。用一條絲繩懸吊著的，是一頭風乾的二齒魨，體積不小，張成

圓圓的魚嘴對著一副玳瑁角質板製成的盔甲。「哎呀，」科內流士心想：「這會兒到了一個愛蒐集稀奇事物的怪老頭家，假如我不多加留意，恐怕得賠上睡覺的時間。」不過，老人已經抓過一本以黃蠟裝訂的書，又厚又重。

「年輕人，告訴我，您聽說過這本地誌集嗎？」

科內流士搖搖頭。店主翻開書本，一頁頁尋找，直到看到一張形狀像「i」的地圖為止。

「找到了！」他歡天喜地地宣布。「請靠過來一點，呃，閣下該怎麼稱呼？」

「科內流士・梵・洪，您請便。」

「這就是靛藍雙島，」店主說，手指在裝飾著彩色字母的羊皮紙上點啊點的。「您在樓下看到的那幅畫是第二座島，從第一座島，也就是大島的北岸望過去取的景。我說雙島並不恰當，那其實是兩座山，豎立在一座遼闊的平原中央。那片平原平坦得有如手掌，方圓延伸幾百哩。雨季來臨時，整片平原浸在水中，一年中有兩個月無法通行。其他的季節裡，野草漫長，騎馬其中，連人帶馬都會被長草淹沒。要在那裡行駛只能靠大篷車，由水牛拖車，行走時先將前方的草莖踏平。第二座島，也可說就是『i』上面那個點，是從來沒有人踏上過的處女地。」

「從來沒有人？」

「對，從來沒有人。試想，您從北方過去吧！那麼，您根本就看不到它。可是呢，若從反方向走，您一踏上另外那片土地，就會發現它在好遠好遠的地方！就是這樣。那座島貌似一座會噴火的山，但火已熄滅。不管您朝它走幾天幾夜，它看起來永遠在那麼遠的地方……」

「海市蜃樓，」科內流士突然興奮起來，打斷店主的話。「我在某本書上讀過，在某些遙遠的沙漠地帶，旅者常會被類似的錯覺所惑。」

「您完全猜錯了！那可絕不是海市蜃樓。我個人堅信，那座島，字母『i』上那個點，確確實實存在。但同時我也強烈認為，想要抵達那座島，以我們慣用的交通工具是行不通的，必須找出其他方法。」

「不過，再回到那幅畫上……」科內流士繼續說道。

「啊！對了，那幅畫！對我來說它還真是挺神祕的。我沒能找出畫作完成的確切日期，但相信我，它一定很古老。人們常說，作畫的筆觸反映畫家的心靈。這幅畫線條極為天真，不難看出是古代的筆法。不過，您有沒有注意到您所欣賞的那種藍是多麼深奧？我確信，這必定是第一幅如此表現地平線上那淡藍薄霧的畫。我有一位朋友住在崗廸，他有一幅類似的畫。一切跡象指出，這些畫的作者遊歷過許多地方，他的畫教導人們去看那出現在遠方的藍色。」

「我從來沒注意過地平線的顏色。」科內流士坦承。

「是啊，年輕人，地平線可長得很哪！遠比帶您進行一樁又一樁買賣的堤堰長得多！在我和您說話這段期間，剛才堆積在您頭頂上的烏雲可能已經抵達靛藍島上空。而誰又知道，現在遮蔽了月光的雲從何處飄來？」

「但我看得出來，您本身也常四處遊山玩水，不是嗎？」

「當然，當然，」老人輕笑一聲承認。「我生來就不愛待在家裡，而我，說真的，拖著我這把老骨頭走了不少地方……」

「跟我多聊聊這兩座島吧！」科內流士催促他。「它們上方的天空是什麼模樣？如何才能到得了那裡？」

「想必您也注意到我的口音和膚色了，我不是本地人。我來自遙遠的歐赫貝。在那裡……」他輕咳了兩聲：「我是個頗有名氣的宇宙誌學家，但是，在一次探險失敗之後，我不得不遠走他鄉……」

「就是到靛藍雙島的探險……」

「正是如此。所以，我擔心，僅有的幾張地圖，呃，我讓您看的那張圖其實非常不精細，那僅有的幾張能到島上的地圖，很可能都被保存在歐赫貝。我有另外兩名同伴，他們都是精通地理的優秀學者。我們的任務是精密測量兩座島之間的距離，盡可能畫出準確的經緯度。這一切在大島居民看來，多少有些礙眼，因為，在他們的信仰裡，第二座島是神聖不可侵犯的，應該保持無法接近的原貌。這座藍色的島其實就是他們死後靈魂之歸處。」

科內流士比了一個小手勢，像是表示這些都是無稽之談，但老人突然抓住他的手腕。

「您還記得嗎？畫上那輛奇怪的牛車？其實，那是一輛靈車。它載運亡者的骨灰，所有子孫都一起陪他進行最後一趟旅程。這個儀式必須在雨季來臨前第三次滿月以前舉行。所有靈車都裝飾得華麗非凡，朝聖島出發上路，不停地行駛，直到領頭的水牛累倒為止。水牛在哪裡倒下，葬禮就在哪裡舉行。在那個地方，靈車的轅木像船桅一樣

被豎立起來，頂端非常高，亡者的旗幟在此飄揚。骨灰便埋葬於高桅之下。領頭那隻水牛成為祭品，供大家分食。人們露天舉行葬禮儀式，如果這時風吹向聖島，那就是個吉兆。然後，他們讓其他水牛踩踏出一塊開闊的空地，將靈車焚毀。接下來，大家邊唱歌邊循原路離開，所經之處，一路灑下花的種子。雨季過後，在草波綠洋之中，這一條條送葬之路畫出上百道色彩繽紛的花徑。從天空鳥瞰，大島宛如頂著一頭彩色的頭髮，髮絲飄向聖山。然後，當風吹起，花香就飛向遠方那抹藍……」

「太棒了，」科內流士低聲咕噥，他彷彿已經看見幾千顆鬱金香球莖，可以運到那塊樂土去賣個好價錢。「但是，還是回來講講您的探險吧……」

「正如我先前告訴您的，扣除必要的隨行僕役，我們一共只有三人。在下阿納托．布拉札丁，另兩位是尤里斯．德．納隆德斯和以薩克．德．布蘭。尤里斯年紀最輕，日日夜夜，眼睛長時間貼在望遠鏡上，試圖觀察聖島周圍可見到的氣候變化，測量出最微妙的差距。但是，飄渺雲層如何測量？為了這份工作，他磨耗雙眼，最後，筆記上布滿難以解讀的蠅頭小字。離開時，他雙眼已瞎；從此，一座藍色高山的影像占據了他永夜的地平線。至於以薩克，他走遍大島每個角落，目的在尋找觀測地點，他打算從那些點來觀察聖島，並藉由高深的算式，估計出距離。代數簡直成了他的宗教信仰，他過分狂熱於艱澀難懂的數字與符號。到了最後，他提出假設，認為那座山只存在當地居民眼中，只要在聖山影像映入他們的眼球時，從每位居民兩眼之間的距離和他們的身高中取出平均值，就可以得到解答。時時盯著別人的靈魂之窗，最終他發瘋了……」

「我懂了，一位失去視力，另一位失去理智……」

「而我，我差點喪失了性命！」老人嘆了口氣。「我的觀點是，要接通聖島，只能走空路。我請人用竹子搭造了一座高塔……嗯，請把那樣東西給我……」

科內流士拿了一個木頭模型遞過去。這樣物品他先前完全沒注意到。它很輕，兩側裝上翅膀，能像昆蟲的飛翅一樣拍動。

「一架飛行機器……」他喃喃說道。

「完全正確。敝人我就滑入一架這樣的機器，趁著一陣順風吹起……」

「您就……」

「我跌了三十幾呎深。幸好有一片茂密的竹林緩衝了墜落的速度！我被抬出林子的時候，雙腿折斷，但心情愉快。從鬼門關前撿回了一條命，心情當然愉快。啊！」他的手指撫摸著機器模型：「為了再見一次那美妙的國度，我什麼都願意付出。」

「美妙？應該說晦氣才對吧？」科內流士冷笑反駁。

「有件事我尚未說明清楚，年輕人。」老人家被激怒了，突然又打開話匣子：「靛藍雙島真的是一座天堂。空氣清新甘甜，有如五月美麗的早晨。大島上的樹木雄偉高大，花草植物珍奇罕見，繁茂盛開，每天都像一場芬芳的夢。在那裡絕對找不到任何蛇蠍的蹤跡。處處可見清澈的水流沿著蔭涼的山坡潺潺而下；而在灑滿陽光的岩石下方，少女們前來沐浴，笑聲如水晶般清脆……」

「我了解。」科內流士說，他突然有些不好意思。

「好吧，」老人痛苦地站起身，「時間已晚，我也糾纏您夠久了。晚安，先生。」

科內流士一大清早就動身出發。他停下腳步，最後一次仔細觀看那幅藍色島嶼的圖畫，用完早餐，結了帳，謝過老店主。東風在海面掀起碎沫小浪，乳白色倒影中，一陣又一陣，輕輕舔拭堤堰。科內流士暗暗許諾，一旦有空，定要再回來探望老人。

等他找到機會再來，已經過了十五天。然而開門迎接他的卻是一位男僕。

「我家店主出門了，他留下這個給您……」

科內流士接過男僕遞上的書，翻開第一頁。標題寫著：

靛藍雙島回憶錄

阿納托・布拉札丁 著

聖島與暈染著藍色的遠方—奇怪的葬儀習俗—

雲網之製造—飛行機器之測試與改良方案

回到家後，科內流士開始閱讀店主撰寫的回憶錄。老人家可能上哪兒去了呢？他怎麼會提到這種謎樣的雲網？難道，在某種神祕不可測的偶然之下，他知道科內流士買進了這麼一批貨？許許多多的疑問困惑著他，他甚至把自己的生意都拋到九霄雲外了。

於是，科內流士，這位刻板的商人，過去從未把遠方之藍放在心上，某天，卻也出發踏上尋找靛藍雙島之路。

以薩克·德·布蘭

阿納托·布拉札丁

尤里斯·德·納隆德斯

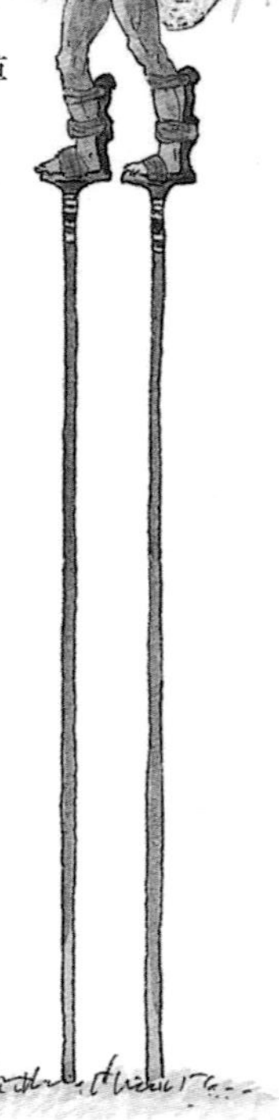

採集雲草

採集雲草的棉絮時要趁著颱大風，並使用非常輕巧的網。一定要在棉絮掉落地面之前採集：棉絮一旦落地，便失去其強韌及輕盈無比之特性。棉絮的顏色和天空一樣。若在黎明拂曉採集，它們是白色；在曙光乍現之時，它們呈現粉紅色；正午時分，變成藍色；夕陽西下，則金黃橘紅。最受好評的是夜晚採集到的雲草絮，那是美麗的靛藍色。

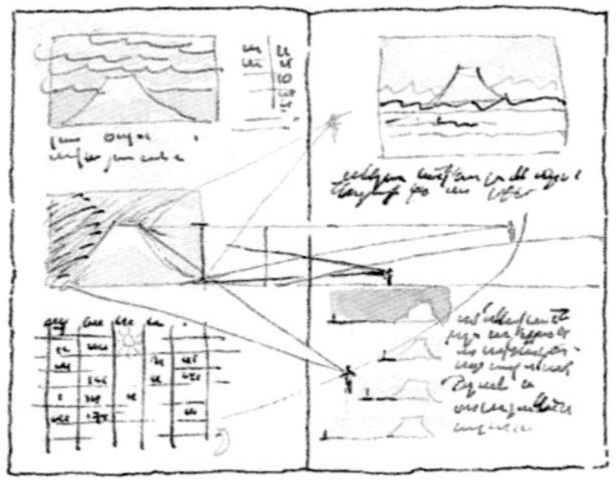

以薩克·德·布蘭的筆記

尤里斯·德·納隆德斯的筆記

靈車

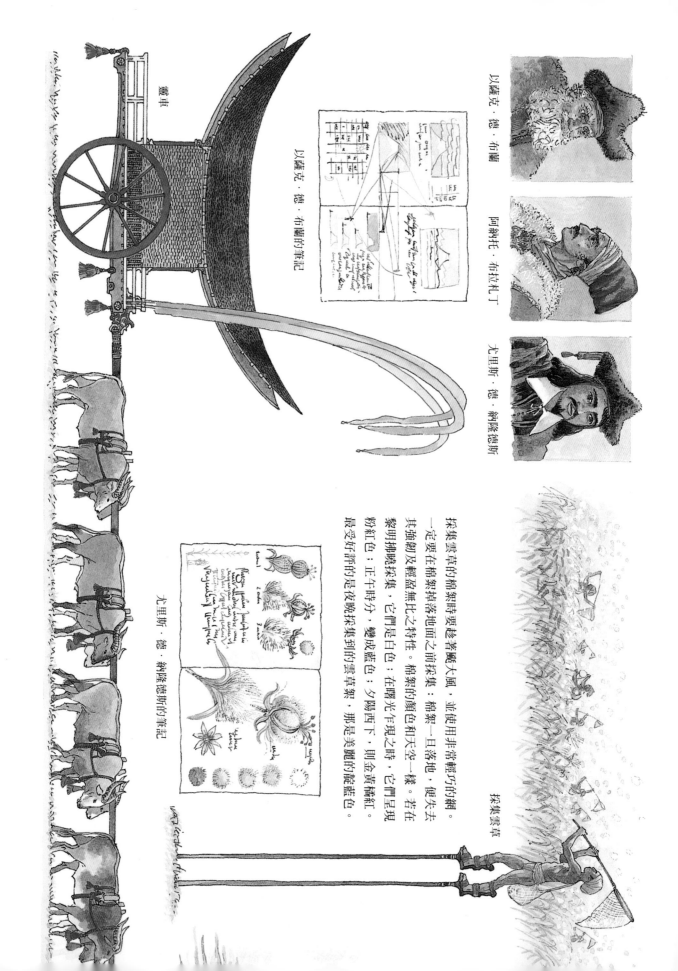

漂洗雲綢的少女們

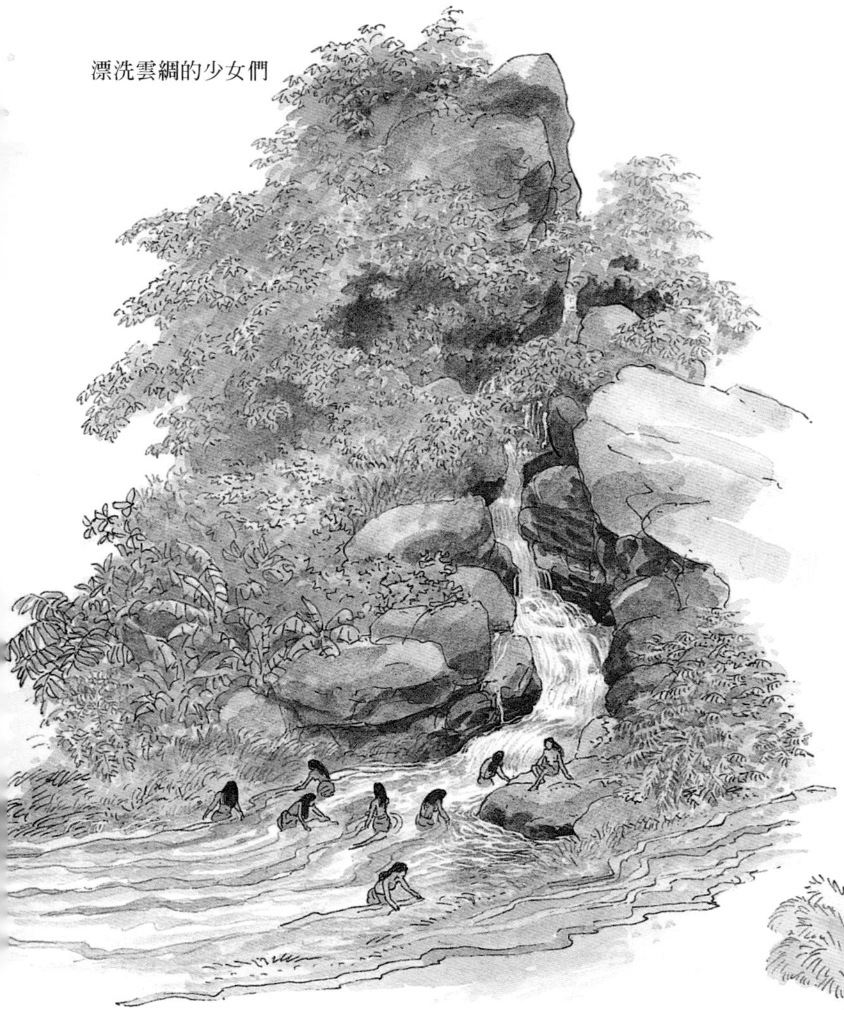

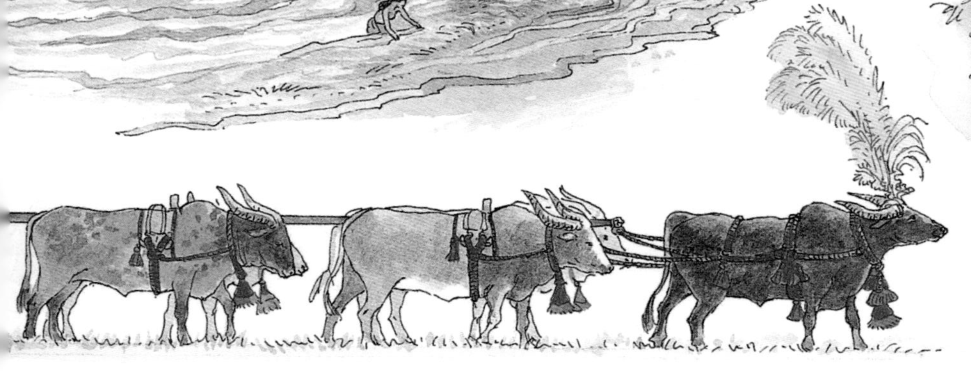

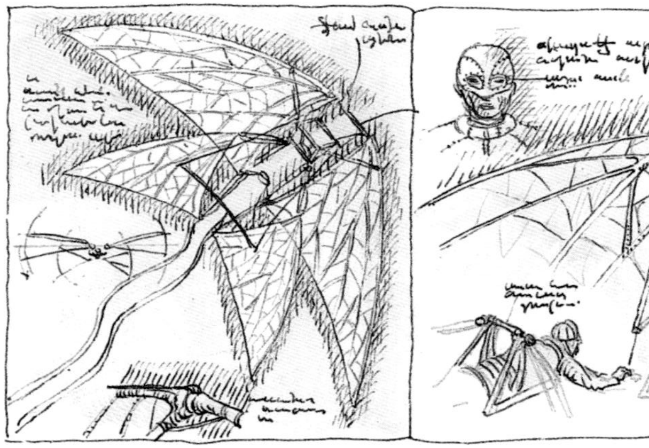

阿納托．布拉札丁回憶錄中關於飛行機器之部分。

大島居民在蔓延向聖島的千百花徑之前靜坐冥想。

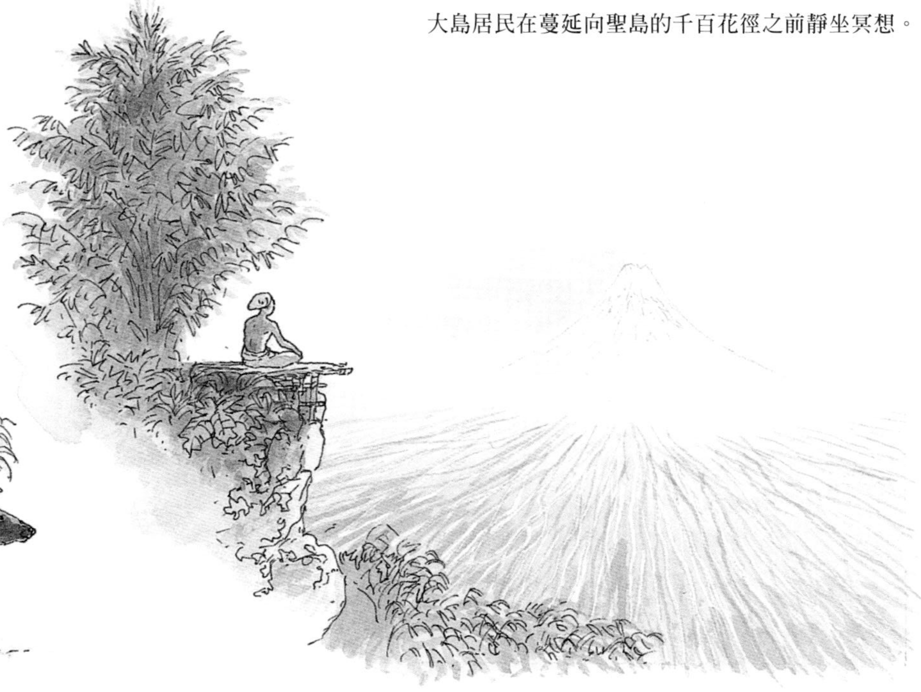

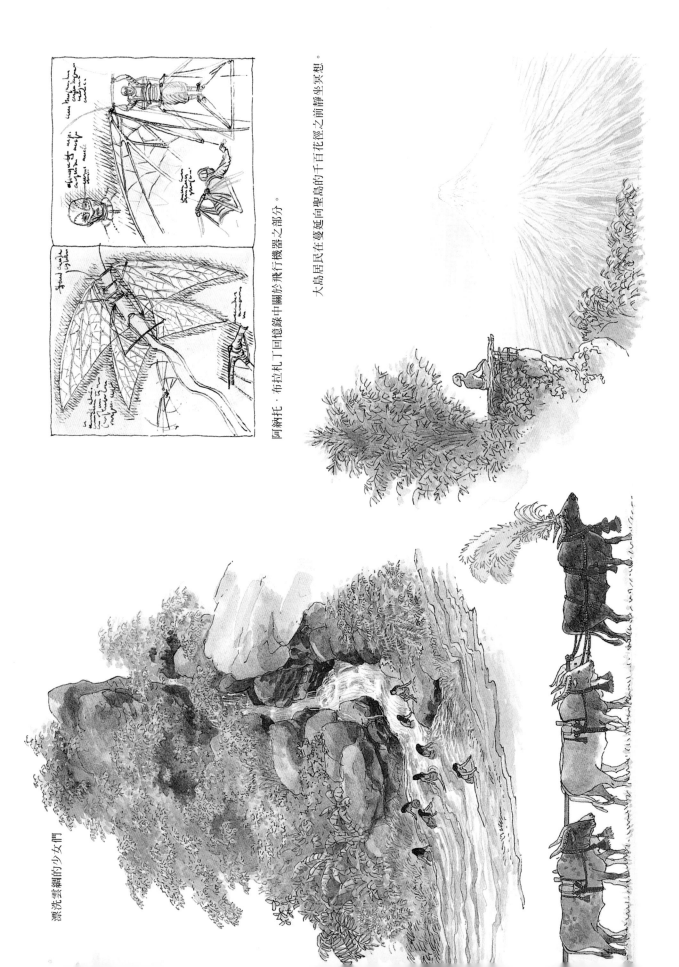

阿爾畢紐斯與塔花娜的故事，
靈感來自以下兩位旅行記述中的奇人軼事：
尚・夏丹（Jean Chardin）的《從巴黎到依斯法罕之旅》
（*Voyage de Paris à Ispahan*，La Découverte- Maspero出版）
及揚・波托茨基（Jan Potocki）的《高加索及中國之旅》
（*Au Caucase et en Chine*，Phébus出版）。

## 關於作者

### 法蘭斯瓦·普拉斯 François Place

出生於1957年，在艾司田學校（École Estienne）主修視覺傳達，並曾從事動畫創作。普拉斯熱愛閱讀各種歷史方志、地圖、旅誌，《歐赫貝奇幻地誌學》花費他整整十年心血才繪製完成，在法國境內及歐洲各地獲獎無數；其中幾則故事已另衍生出單獨成冊的故事書。

普拉斯著作等身，其中有獨立的圖文作品，也常和其他創作者合作，插畫作品常見於伽里瑪出版社（Guides Gallimard）。著作中最為人稱道的，除《歐赫貝奇幻地誌學》之外，尚有榮獲十一項文學獎、描述民族探索歷程的《最後的巨人》（*Les Derniers Géants*），獲法國蒙特勒伊（Montreuil）書展2007年出版大獎的《戰爭的女兒》（*La Fille des Batailles*），以及獲義大利波隆納國際兒童書展2012年文學類大獎小說《歐赫貝的祕密》等多部作品。

## 關於譯者

### 陳太乙

資深法文譯者。譯有《追憶逝水年華：第一卷 斯萬家那邊》、《哈德良回憶錄》、《長崎》、《拇指男孩的祕密日記》、《泛托邦》、《論哲學家》等小說、繪本、科普、人文、哲史等各類書籍五十餘冊。曾以《現代生活的畫家》獲臺灣法語譯者協會文學類翻譯獎。

# ATLAS DES GÉOGRAPHES D'ORBÆ

# A-I

—— Du pays des Amazones aux îles Indigo

大人國叢書18

## 歐赫貝
## 奇幻
## 地誌學

從亞馬遜女戰士國到靛藍雙島

Du pays des Amazones aux îles Indigo
Text and illustrations by François PLACE
Original French edition and artwork © Editions Casterman 1996
Text translated into Complex Chinese and © China Times Publishing Company 2024
This copy in Complex Chinese can be distributed and sold in Taiwan, Honk Kong, Macau and the rest of the world, but excluding PR of China.


ISBN 978-626-396-246-0
Printed in Taiwan

作者：法蘭斯瓦．普拉斯 François Place｜譯者：陳太乙｜責任編輯、企劃：石瑷寧｜主編：陳盈華｜封面設計、排版：陳恩安｜版型設計：張瑜卿｜校對：陳煒宗

董事長：趙政岷｜出版者：時報文化出版企業股份有限公司｜地址：108019臺北市和平西路三段240號｜發行專線：02-2306-6842｜讀者服務專線：0800-231-705、02-2304-7103｜讀者服務傳眞：02-2304-6858｜郵撥：1934-4724時報文化出版公司｜信箱：10899臺北華江橋郵局第99信箱｜時報悅讀網：www.readingtimes.com.tw｜創造線FB：www.facebook.com/fromZerotoHero22｜法律顧問：理律法律事務所／陳長文律師、李念祖律師｜印刷：勁達印刷有限公司｜二版一刷：2024年5月24日｜定價：新臺幣 660 元



時報文化出版公司成立於一九七五年，並於一九九九年股票上櫃公開發行，於二〇〇八年脫離中時集團非屬旺中，以「尊重智慧與創意的文化事業」爲信念。

歐赫貝奇幻地誌學. A-I，從亞馬遜女戰士國到靛藍雙島／法蘭斯瓦．普拉斯（François Place）著；
陳太乙譯. -- 二版. -- 臺北市：時報文化出版企業股份有限公司，2024.05｜144面；26×19公分. --
（大人國叢書；18）｜譯自：Atlas des Géographes d'Orbæ : Du pays des Amazones aux îles Indigo｜
ISBN 978-626-396-246-0（精裝）｜876.57｜113006054